泡낭골

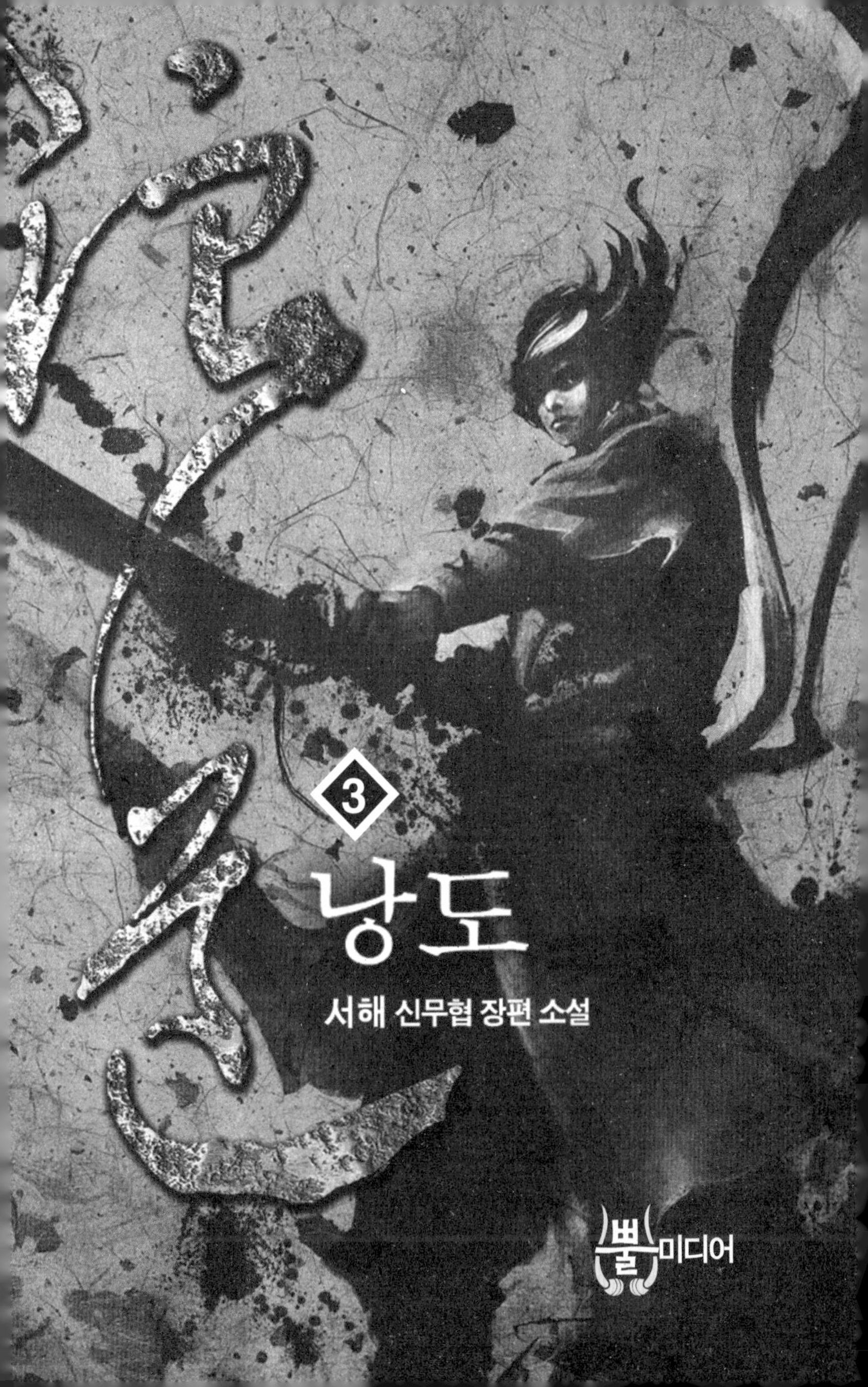
3
낭도
서해 신무협 장편 소설
뿔미디어

차
례

1장 ‥7

2장 ‥41

3장 ‥71

4장 ‥103

5장 ‥131

6장 ‥165

7장 ‥195

8장 ‥227

9장 ‥259

10장 ‥293

1장

　스쳐 지나가는 바람에 양 뺨이 따끔거렸다. 옷자락이 파라락 흩날리고 시야에 보이는 풍경이 눈 깜짝할 사이에 뒤로 밀려나며 사라졌다.

　휘, 휙.

　임유성의 전방 오 장 너머에서 우렁찬 고함이 들리며 네 사람이 착지했다.

　"멈춰라!"

　찰몽압은 세 수하를 대동하고 가뿐하게 내려섰다.

　그는 검을 들어 임유성을 가리키며, 여차하면 벨 듯 흉흉한 살기를 내뿜었다.

　하나 임유성은 멈추지 않았다. 그는 도리어 속도를 배가시켰다.

슈아아아아—

그 기세 그대로 몸으로 들이받을 것 같았다.

찰몽압은 와락 얼굴을 어그러뜨렸다.

"죽여라."

"예."

세 수하, 묵의인들은 대답과 함께 임유성을 향해 신형을 날렸다.

그들은 민첩한 경공으로 거리를 줄였다.

슈우우우—

임유성은 세 묵의인을 보고 작은 미소를 지었다. 그는 파혈도를 들어 곧게 내질렀다.

팔방풍우(八方風雨)의 진(震).

도세가 일어나 세 묵의인을 향해 뻗어 나갔다.

세 묵의인은 경공을 시전하며 각자의 검을 빼 들었다. 그러고는 검기를 일으켜 도세에 맞서 갔다.

세 줄기 검기는 시위를 떠난 화살마냥 힘차게 쏘아져 나갔다.

쉐, 쉐, 쉐액!

세 검기와 도세는 매우 빠른 속도로 거리를 줄이며 가까워졌다.

허공 한 점에서 세 검기와 도세가 만나며 격한 충돌이 일어났다.

콰, 콰, 쾅!

검기는 도세에 먹히듯 사라져 갔다.

도세는 검기를 흩어 놓으며 여전히 묵의인들을 향했다.

충돌의 반탄력이 세 묵의인을 때렸다. 그들은 인상을 쓰며 신음을 흘렸다.

"크흑."

"추, 충격이……."

"피해!"

묵의인들은 경공을 중단하고 분분히 바닥으로 떨어져 내렸다. 하지만 그들은 여전히 기세가 살아 있는 도세가 재차 짓쳐드는 것에 당황했다.

"안 돼!"

"으아악!"

"이건 말도 아……."

피하기에는 늦은 상황.

묵의인들은 급히 검을 들어 도세를 향해 내쳤다.

화악— 휘익.

세 자루 검은 재차 검기를 일으켜 도세를 막으려 했다. 하지만 도세는 어느새 지척에 다다른 뒤였다.

쿠아아앙!

도세는 세 줄기 검기를 짓밟듯 흐트러뜨리며 세 묵의인을 강타했다.

"크아악!"

"아악!"

세 묵의인은 거친 도세에 의해 맥없이 날아갔다. 그들은 일 장 어림 떨어진 땅바닥으로 내던져지듯 떨어졌다.

와당탕!

세 묵의인은 일말의 미동도 보이지 않았다.

그로 미루어 보아 죽은 듯했다.

"이!"

찰몽압은 분노의 표정을 지으며 격한 감정에 온몸을 미미하게 떨었다.

임유성은 그사이 찰몽압의 지척에 이르렀다. 그는 눈매를 반짝이며 파혈도를 치켜들었다.

파혈도는 사선으로 찰몽압을 베어 갔다.

우하(右下)에서 좌상(左上)으로 이어지는 검로.

피이이잇.

찰몽압은 파혈도가 가슴을 지나 좌측 어깨로 치솟는 것에 화들짝 놀랐다.

당황한 그는 검을 들어 일직선으로 내찔렀다. 자신과 임유성 사이에 있는 최단 거리를 염두에 둔 채.

출수는 늦었으나 파혈도보다 검이 먼저 닿는다.

찰몽압은 두 가지를 노렸다.

첫째는 임유성이 자신에 대한 공격을 포기하고 검을 막도록 유도했다.

그리고 두 번째는 임유성이 공격을 포기하지 않으면 먼저 공격을 가하는, 기선제압을 염두에 두었다.

손해날 것은 없다.

찰몽압은 확신했다.

'넌 끝장이야!'

그의 두 눈동자에서 득의에 찬 빛이 스쳤다. 한데 드러난 결과는 예상과 달랐다.

버―언쩍.

찰나, 찰몽압의 눈앞이 환하게 밝아졌다.

도광(刀光).

눈부신 빛이 눈동자를 찌를 듯 파고들었다.

일순간 시야를 잃었다.

"끄아아악!"

찰몽압은 비명을 질렀다.

한 줄기 진한 전율이 좌측 허리에서 우측 어깨를 핥듯이 스쳤다. 그와 함께 몸서리쳐지는 고통이 일었다.

찰몽압은 두 무릎을 힘없이 꿇었다.

털퍼덕.

그의 가슴 위에는 사선으로 깊은 검상이 나 있었다. 검상 에서 곧 붉은 진홍색의 선혈이 흘러내렸다.

찰몽압은 상체를 숙이더니, 그대로 지면 위에 엎어졌다.

쿵!

임유성은 무심한 모습으로 땅을 차며 신형을 공중으로 띄 웠다.

그는 벼락이 치는 듯한 쾌속하게 공간을 나아갔다.

째애애애애—

잠시 후, 임유성은 산중을 돌며 목소리에 내공을 담아 외
쳤다.

"제가 왔습니다!"

대갈일성이 산중을 떨어 울리더니, 어둑어둑한 새벽 미명
의 하늘로 아스라이 사라졌다.

양우진은 파고랍산에 울리는 임유성의 대갈일성에 반색하
며 나무 밑동을 뛰쳐나왔다.

그는 다급하게 소리쳤다.

"다들 나와서 반원의 형태로 서십시오. 곧 이곳을 뚫고
나가야 할 겁니다."

양우진은 들떴다. 그는 희망을 발견한 사람처럼 기쁨에
넘쳤다.

다른 이들은 의아한 얼굴로 밑동을 나왔다.

양우진은 그들을 연방 다그쳤다.

"어서 서둘러……."

다른 이들은 마지못해 양우진의 말을 따랐다. 그들은 불
안해하며 걱정스러운 표정을 지었다.

당무걸, 당무육, 당설아는 전옥인을 중심에 두고 병풍처
럼 둘러 섰다.

그들은 긴장한 듯 얼굴을 경직하며 사방을 둘러보았다. 은연중에 기습에 대비하는 모습이었다.

방일수와 보미랑은 양우진의 뒤쪽으로 가 양쪽에 서며 입을 열었다.

"조장, 우리가 있는 곳을 알려야 할 텐데요. 조장이 말한 그 사람은 우리가 이곳에 있다는 것을 모를 겁니다."

"자칫하다가는 놈들이 우리가 있는 곳을 알고 몰려올 수도 있습니다."

"걱정하지 마라. 유성이가 오기만 하면……."

양우진은 확신에 차 있었다.

그는 아랫배에 힘을 주며 내공을 일으켰다. 그러고는 내공을 실어 외쳤다.

"여기다, 유성아! 여기라고!!"

양우진은 몇 번에 걸쳐 외쳤다.

얼마나 지났을까?

임유성은 때마침 가까이에 있던 듯 일갈이 들렸다.

"제가 갑니다!"

양우진은 마주 소리쳤다.

"알았다!"

그는 싱긋 웃었다.

일신에 지닌 자신의 무공이라면, 혼자서라도 파고랍산을 벗어날 자신이 있었다. 하지만 일행이 있어 그럴 수 없을 뿐. 그 때문에 난처한 지경에 처해 힘들었다.

양우진은 임유성이 당도한 것에 적이 안도했다. 그를 제외한 여섯 남녀는 일순 움찔했다.

"으아아악!"

"크어억!"

묵의인들의 비명을 연이어 들렸다.

임유성이 자신들이 있는 곳으로 오면서 묵의인들과 부딪치는 모양이었다.

양우진을 제외한 여섯 남녀는 불안감을 감추지 못했다. 그들은 숨죽여 비명이 들리는 방향을 바라보았다.

양우진은 환하게 웃었다.

싱글벙글.

그는 장난스레 중얼거렸다.

"녀석, 빨리 올 것이지. 놀긴."

방일수와 보미랑은 고개를 갸웃거리며 어리둥절해했다.

양우진이 조금 전과 딴판이었다. 장난스러운 말을 할 정도로 여유가 넘치는 것이다.

그사이 좌측에 있는 수풀이 양쪽으로 미미하게 흔들리더니, 한 무복인이 뛰쳐나왔다.

촤하아앗.

임유성이었다.

"형─님."

양우진은 고개를 돌려 임유성을 바라보았다. 그는 미소를 지으며 언성을 높였다.

"마! 왜 이제 와? 너 기다리다가 목 빠지는 줄 알았잖
아."

임유성은 양우진에게 걸어가며 말했다.

"하하하, 좀 더 늦게 올 걸 그랬습니다."

"자식이."

"어서 서둘러 움직입시다, 형님. 지체할 겨를 없습니다."

"알았다. 그럼 정면을 맡아라. 나는 후미를 맡으마."

"네."

임유성은 양우진에게 말한 후 재빨리 뒤돌아섰다.

그러자 양우진은 여섯 남녀를 향해 고개를 돌렸다.

당무걸은 그런 두 사람을 지켜보며 어이없다는 표정을 지
었다.

아무리 급한 상황이라고 하더라도 인사 한마디는 건넬 줄
알았다. 그런데 웬걸. 아는 척도 하지 않았다.

그는 왠지 무시당한 것 같은 불쾌감을 느꼈다.

당무육은 당무걸의 눈치를 읽은 듯 걸음을 떼며 말했다.

"상황이 우선입니다, 형님."

당설아는 전옥인을 대동하고 움직였다.

"무걸 오라버니, 어서요."

"알았다."

당무걸은 당설아에게 대꾸하며 발을 뗐다.

양우진은 그사이 방일수와 보미랑에게 주의를 주었다.

"유성이에게 바짝 붙어라. 절대 떨어져서는 안 된다. 알 겠지?"

말을 하는 양우진의 태도는 매우 진지했다.

그 바람에 방일수와 보미랑은 흠칫하고는 고개를 힘차게 끄덕였다.

"알겠습니다, 조장."

"어서 움직여."

"네, 그럼."

양우진은 일행들이 임유성을 따라 위치를 잡는 것을 바라보았다.

잠시 후, 그는 일행들의 제일 후미로 걸어갔다.

임유성과 그를 따르는 일행들의 전방을 가로막은 묵의인들.

그들 중 시신을 온전하게 보전한 자는 아무도 없었다.

"우아악!"

"으아아악!"

지면이 거센 폭음과 함께 공중으로 치솟았다.

묵의인들은 전신이 갈가리 찢기고 터져 나갔다.

그들은 수십여 개에 이르는 육편으로 화해 쏟아져 내리는 비마냥 떨어졌다.

후두두.

땅바닥은 붉은 비단을 깔아 놓은 듯 순식간에 벌겋게 물들었다.

폭심의 주변에 서 있던 묵의인들은 사방으로 날아갔다.

"아아아악!"

"으와아악!"

그들은 인근에 있는 나무와 바위와 부딪친 후 땅바닥으로 떨어졌다.

쿠당탕!

파죽지세라는 말이 절로 떠오르는 광경이었다.

임유성은 선두에서 묵의인들을 거침없이 공격하며 이동로를 개척했다.

"잡아!"

"죽여 버리라고!"

"놓치지 마!"

일렬로 이동하는 일행들의 양 측면에서 묵의인들이 몰려왔다.

그러는 사이에도 임유성은 파혈도로 쉴 새 없이 도초를 날렸다. 그는 마치 공간을 쪼갤 듯 거침이 없었다.

슈— 슈아앙.

도초는 가로막는 묵의인들을 광풍처럼 휘몰아쳤다.

"끄아아악!"

"커어억!"

도초는 묵의인들을 관통하고 사지를 자르며 목을 베었다.

목불인견의 처참한 광경들이 눈앞에 펼쳐졌다. 비명이 끝없이 울리고 붉은 선혈이 피 안개를 이루었다.

전후좌우, 반경 여섯 걸음.

원형의 통로이자 공간이 생겼다. 예의 공간으로 단 한 발이라도 디딘 묵의인들은 예외없이 사지가 잘리거나 목숨을 잃었다.

임유성은 인정사정이 없었다.

도를 내침에 있어 망설임이나 주저는 전혀 찾아볼 수 없었다. 감정이 없는 사람처럼 무심하고 반복적인 공격이 이어졌다.

무표정한 얼굴, 착 가라앉은 냉랭한 두 눈동자.

임유성은 비정하기 그지없는 모습으로 걸음을 멈추지 않았다.

그를 뒤따르는 일행들은 하나같이 숨죽였다. 입을 벙긋거릴 엄두가 나지 않았다.

임유성의 모진 손속보다 무수히 많은 사람들을 베는 데도 별 동요가 없는 모습이 더 무서웠다. 상대하는 묵의인들은 살아 있는 사람이다.

그들을 살육하면서 감정을 느끼지 않는다는 것은 말이 안 된다. 사람이라면 마음이 흔들리고 도초를 펼치는 손놀림이 가끔은 멈칫거려야 한다.

그런데 임유성은 아니었다. 그는 묵의인들을 사람으로 보지 않는 듯, 나무로 만든 목인 내지는 짚단 더미라고 생각하는 양 무심하게 반복적으로 도초를 시전했다.

방일수와 보미랑은 임유성의 뒤편 좌우에서 경공을 펼치
며 비스듬한 시야를 통해 죽어가는 묵의인들을 보았다.

소름이 끼쳤다.

두 남녀의 눈이 자연스레 임유성의 등에 가 닿았다.

'사, 사람이 아니야!'

'어떻게?'

가슴이 서늘했다. 오싹한 기운이 물씬 일어나자 자신도
모르게 시선을 돌려 죽어가는 묵의인들을 외면했다.

"으아아아악!"

"사, 살려…… 크아아악!"

처절했다.

두 번 다시 듣고 싶지 않은 비명성.

묵의인들은 바람에 날리는 나뭇잎 같았다. 추풍낙엽이라
는 말이 딱 들어맞았다.

양우진이 왜 임유성이 오기를 학수고대했는지 그 이유를
알 것 같았다.

방일수와 보미랑의 눈에 보이는 임유성은 질풍노도였다.
가로막는 것은 무엇이 되었든 가혹한 손속으로 부수고 날려
버리며 쇄도해 나갔다.

정이고 자비고 없었다. 오직 나아가는 공간만을 확보하고
자 무정한 손속으로 묵의인들을 죽여 나갔다.

명백했다.

가로막으면 죽는다.

섬뜩하기 이를 데 없는 무언의 경고였다.

방일수와 보미랑은 임유성에게 바짝 따라붙었다.

한편, 당무욱은 당무걸과 나란히 서서 움직이며 각기 측면을 향해 암기를 날렸다.

슈슈슈슈슈.

측면에서 몰려오던 묵의인들은 암기에 적중당해 바닥으로 쓰러지며 나뒹굴었다.

와당탕탕!

당무욱은 당무걸에게 말했다.

"형님, 어떠십니까? 대단하지요?"

"너보다는 저기 저자가 더 대단하다. 내 이날 이때까지 저렇게 무지막지한 돌파는 본 적이 없다. 가히 거칠 것이 없다는 말은 아무래도 저 사람을 두고 하는 말 같구나."

당무걸은 질린다는 기색을 띠었다.

"쩝."

당무욱은 입맛을 다셨다. 할 말이 없었다. 인정하지 않을 수 없는 임유성의 돌파였다.

그때, 두 사람의 뒤쪽에서 움직이던 당설아가 말했다.

"매우 패도적인 도법이에요, 두 분 오라버니. 무적이라고 말해도 손색이 없을 것 같아요."

당무욱은 고개를 힐긋 뒤로 돌리며 입을 열었다.

"그거 괜찮은데? 패도와 무적이라……. 꽤 잘 어울리는 말이야. 패도무적. 괜찮은 무명이야. 저 사람과 잘 어울려."

그는 고개를 바로 하며 임유성을 바라보았다.

당무걸은 임유성을 보며 마음속으로 중얼거렸다.

'저 나이에 저런 무위라니. 양우진, 과연 그가 기다린 사람답다고 말해야 하나?'

전옥인은 임유성을 보며 눈매를 번득였다. 그의 두 눈동자는 적의로 이글이글 불탔다.

조부를 죽인 원수다.

그는 내심 이를 갈았다.

'으득, 내 기필코 네놈에게 꼭 복수를 하고야 말 것이다.'

전옥인은 가슴 가득히 들어차는 원한에 어금니를 악물었다.

그는 복수와 살심이라는 두 감정을 필사적으로 억눌렀다. 때가 아니었고, 해야 할 일이 있었다. 그 때문에 임유성에 대한 감정을 참아야 했다.

임유성은 파혈도를 좌하(左下)에서 우상(右上)으로 올려쳤다.

팔방풍우(八方風雨), 곤(坤)이었다.

도세가 일어나 휘몰아쳤다.

파一슈우우웅.

도세는 공간을 종횡으로 누볐다. 대기가 도세를 감당하지 못하고 비명을 지르는 듯 격한 파공음이 주변으로 메아리쳤다.

콰과과과과!

지면이 도세에 쓸리며 자욱한 먼지가 일었다. 먼지는 전방에 서 있는 일곱 명의 묵의인을 향해 흩날렸다.

"안 돼!"

"마, 막아!"

"피해야……!"

묵의인들은 막을 엄두가 나지 않아 피하려고 했다. 하지만 황급히 돌아서는 그들을 도세가 덮쳤다.

"으아아악!"

"허어억!"

"크악!"

도세는 묵의인들을 다지듯 천참만륙했다. 사지가 떨어져 나가고 붉은 선혈이 주변에 뿌려졌다.

임유성은 파혈도를 높이 들어 올리며 대성일갈했다.

"가로막는 자—! 오직 죽음뿐이다!"

힘찬 외침이 허공을 떨어 울렸다. 그사이에도 도세는 임유성의 정면을 쓸어 갔다. 닥치는 대로 부수고 죽이며 길을 냈다.

콰아아아아.

돌풍이 모든 것을 빨아들여 사방으로 내동댕이치는 듯한 광경이었다.

"히이익!"

"피해!"

"맙소사……."

묵의인들은 양쪽으로 비켜서고 물러났다. 그들은 돌풍을 피하기에 여념이 없었다.

길을 틀어막으면 죽는다.

임유성의 경고가 그들에게 먹혔다.

묵의인들의 얼굴에 두려움이란 감정이 담겼다.

임유성의 도를 맞받아치는 것은 엄두도 내지 못했다. 막을 수 있는 자가 없었다. 막으면 무조건 죽인다는 임유성의 경고는 거짓말이 아님을 도세를 통해 무언으로 알렸다.

묵의인들은 겁먹었다. 그것이 얼굴에 고스란히 나타났다.

'응?'

임유성은 눈매를 반짝였다. 시야에 한 중년 묵의인이 보였다.

그는 오른손에 검을 쥐고 늘어뜨렸다. 그러고는 살기 띤 눈으로 적유경을 노려보았다.

탈명사수 교홍결.

임유성은 비릿한 미소를 머금고는 신형을 떨어뜨리며 고함쳤다.

"우진 형님, 선두에 서십시오!"

"알았다."

양우진은 천근추로 체중을 늘렸다.

그는 바닥으로 빠르게 내려서자마자 다시 날아올랐다. 그러고는 일행의 머리를 경쾌하게 스치며 선두로 움직였다.

휘이이익.

일곱 남녀는 고개를 들어 양우진을 힐끔 흘겨보았다. 민첩하고 영활한 경공이었다.

그러는 사이, 임유성은 교홍결을 향해 내달렸다.

"비키지 않으면 죽는다!"

그는 파혈도를 오른쪽으로 길게 뻗었다. 귀에 양우진의 외침이 들렸다.

"조심해라! 한 수가 있는 자 같다!"

"알겠습니다!"

양우진은 순식간에 선두에 다다르며 일행을 이끌었다. 그는 우측으로 방향을 틀었다.

일행들은 그를 따라 신속하게 움직였다.

묵의인들은 그 광경에 움찔했다. 사전에 교홍결의 명이 있었다.

"적당히 하고 길을 열어 줘라."

게다가 임유성의 기세가 두려움이란 감정으로 그들의 발걸음을 붙잡았다.

임유성은 교홍결과 마주 섰다.

그는 연혼마공을 운공했다. 진기가 일고 광포한 기세가

뒤따랐다.

화아아아악.

성난 폭풍이었다. 휩쓸리면 그것으로 모든 것이 끝나 버릴 듯 기세가 무척 사나웠다.

임유성을 중심으로 반경 일 장의 공간이 기세에 뒤덮였다. 기세는 예의 공간에 있는 모든 것을 밀어냈다.

그 무엇과도 공존할 수 없다는 듯…….

임유성의 모습은 패도적이었다.

묵의인들은 그 모습에 움츠러들며 주눅이 들었다.

하지만 교홍결은 피식, 실소했다. 그는 임유성을 안중에도 두지 않는 눈치였다.

임유성은 땅을 차며 신형을 공중으로 띄웠다.

파앗!

그러고는 교홍결을 향해 공간을 가로질렀다.

쉬아아아앙.

호쾌한 경공이었다. 막힘이 없는 시원스러운 질주였다.

임유성은 창졸간에 교홍결에게 이르렀다. 그는 파혈도를 높이 들어 올려 일검에 교홍결을 양단하려 했다.

슈가아악.

도끼질을 하는 듯했다.

팔방풍우(八方風雨), 감(坎).

교홍결은 놀란 기색을 띠며 두 눈을 치떴다.

"흑!"

기감에 느껴지는 파혈도에 실린 내가공력이 심상치 않았다.

교홍결은 황급히 땅을 차며 뒷걸음쳤다. 그는 날렵한 걸음으로 삽시간에 세 걸음의 거리를 벌였다.

대응하기에는 늦었다.

파혈도가 눈앞을 스치며 땅을 강타했다.

쿠아아앙!

반발력이 팔방으로 퍼져 나가며 먼지가 일었다. 그 바람에 시야가 가려졌다.

교홍결은 황급히 검을 들어 이마 앞에 세우더니 두 손으로 검병을 잡고 내리그었다.

스아아앙.

검세가 일어나 짓쳐드는 반발력을 갈랐다. 자연스레 시야가 확보되었다.

"허억!"

교홍결은 기겁하며 두 눈동자를 휘둥그레 떴다.

임유성이 바로 앞에 있었다.

팔을 뻗으면 닿을 거리.

순간, 도광이 번쩍였다.

츠팟.

도광은 교홍결의 미간으로 짓쳐들었다.

퍼억!

교홍결은 일순간 의식이 사라지는 것을 느꼈다.

'거, 검 한 번 못 써 보고.'

그는 진한 허망감을 느끼며 허물어지듯 쓰러졌다.

털썩.

교홍결은 땅에 엎어지며 고개를 모로 돌렸다. 그의 미간에서 가느다란 핏줄기가 흘러나왔다.

오만과 자만의 대가는 죽음이었다.

임유성은 교홍결이 감당하기에는 너무 강한 상대였다.

저벅저벅.

임유성은 죽은 교홍결에게 걸어가 오른발로 등을 사정없이 밟았다.

우두둑.

그는 척추를 으스러뜨려 이미 죽은 교홍결을 다시 한 번 죽였다. 그러고는 주변을 둘러보며 일갈했다.

"막으면 죽는다고 말했다!"

임유성은 시퍼런 살광을 희번덕거리며 엉거주춤 서 있는 묵의인들을 매서운 눈초리로 쏘아보았다.

그의 위세는 늑대 떼를 질타하는 맹호 같았다.

확실한 제압을 위한 의도적인 언행이었다.

임유성은 오른발을 떼고 돌아섰다. 그는 새벽 미명의 산중으로 걸어가며 서서히 묵의인들의 시야에서 사라졌다.

묵의인들은 임유성이 사라지자 힘없이 땅에 주저앉았다.

털썩, 풀썩.

그들의 바짓가랑이는 축축하게 젖었다. 이어 몹시 거북한 지린내가 풍겼다.

❖   ❖   ❖

찰람원주 삼두음사 사수붕은 이성을 잃을 정도로 화가 나
있었다.

그의 얼굴은 벌겋게 달아올랐고, 머리끝에서 하얀 김이
모락모락 피어오를 지경이었다. 열을 받아도 이만저만 받은
것이 아니다.

사수붕은 앉은 자리에서 벌떡 일어나며 두 손으로 서탁을
내려쳤다.

탕!

사수붕은 홀균하에게 고성을 내질렀다.

"그게 말이 되느냐? 교홍결이 왜 죽어! 그리고 음풍유명
대에서 무려 사십여 명에 달하는 사상자가 어떻게 나올 수
가 있어!"

그는 침을 튀겨 가며 성난 기세로 홀균하를 몰아붙였다.

홀균하는 주춤거리며 황급히 대답했다.

"그, 그게…… 저어, 아무래도 교 대주가 자존심 때문
에…… 무리하게 그 낭인과 부딪친 것은 아닌지…….'

그는 조심스러워하며 사수붕의 기색을 살폈다.

뿌드득.

"그놈은 대체 뭐야? 작년에도 우리에게 피해…… 그 찢

어 죽일 낭인 놈 때문에 하마터면 내가 죽을 뻔했어. 홀균하."

"네, 원주님."

"그 낭인 놈에 대한 정보는 어떻게 되었느냐? 이미 다 수집했겠지?"

홀균하는 찔끔거리며 내심 진땀을 뺐다. 그는 기어 들어가는 목소리로 말했다.

"정보가 그다지 없습니다. 이름이 임유성이라는 것과 올해 나이가……."

홀균하는 말을 하다 멈추었다.

휘익― 퍼억!

"아아악!"

그는 두 손을 들어 이마를 감싸며 뒷걸음쳤다.

와장창!

바닥으로 벼루가 떨어지며 산산이 부서졌다.

홀균하의 손가락 사이에서 가느다란 두어 줄기의 피가 흘러내렸다.

"이 개새끼야! 내가 정보를 수집하라고 한 지가 언젠데, 고작 그따위 정보밖에 못 모았어? 너어, 아주 그냥 내 손에 뒈지고 싶지!"

사수붕은 육두문자를 써 가며 고래고래 소리쳤다. 홀균하를 노려보는 눈동자에는 살의가 감돌았다.

홀균하는 황급히 대답했다.

"원주님, 그 낭인에 관한 정보는 그게 다입니다. 백방으로 알아보았지만, 과거가 전혀 드러나지 않았습니다. 낭인 시장에서도 제가 알아낸 것 이상의 정보는 없습니다. 제발 고정하십시오."

으드득.

사수붕은 이를 갈며 살기가 서린 눈빛을 번쩍였다.

그는 험악하기 그지없는 표정을 지었다.

홀균하는 심장이 졸아든 듯 움츠렸다. 그의 눈에 보이는 사수붕의 모습은 꿈에 볼까 무서울 정도였다.

사수붕은 격노라는 감정에 잔 떨림을 흘렸다. 그는 서너 번 심호흡을 한 후에야 자리에 주저앉았다.

털썩.

"후, 후우."

사수붕은 호흡을 가다듬었다.

홀균하는 여전히 겁먹은 얼굴로 사수붕을 힐끔거렸다. 다행히도 그의 눈에 사수붕이 조금씩 냉정을 찾아가는 모습이 보였다.

'지금이다!'

홀균하는 재빨리 입을 열었다.

"원주님, 그놈은 나이에 걸맞지 않게 터무니없이 강합니다. 그러니 이참에 그놈을 없애 버리시지요. 육왕 어르신들이 곧 움직이실 테니, 덤으로 그놈을 제거해 버리면 되지 않겠습니까? 설마 그놈이 육왕 어르신들의 상대가 되겠습니까?"

"음……."

사수붕은 살며시 고개를 숙였다.

"그 찢어 죽일 놈이 전옥인과 함께 당가로 들어갔다고 했지?"

"네, 원주님."

"전옥인에게 은밀히 연락해. 그놈과 무림맹으로 동행하라고 말이야. 내가 손을 써 줄 테니까 혼수모어(混水摸魚)의 계에 그놈을 끼워 넣어. 알겠어."

"예, 원주님. 명하신 대로 처리하겠습니다."

"좋아. 그리고 당가를 대상으로 내가 처리하라고 한 고육지계(苦肉之計)는 어떻게 됐어?"

"네, 이미 이단계까지 일련의 준비를 모두 다 마쳤습니다."

"그래. 모든 준비가 다 끝났단 말이지? 흐흐흐……."

"예."

사수붕은 홀균하의 대답에 눈매를 반짝였다. 그는 기분이 좋은 듯 웃음을 흘렸다.

"크큭. 좋아, 아주 좋아. 슬슬 당가에서 무림맹으로 미끼를 몰아가야지. 아암, 고육지계는 혼수모어지계를 위해 있는 것이니까……. 흐흥, 당가 놈들, 정신없을 게야. 눈 코 뜰 새 없이 휘몰아칠 테니. 그놈들은 내가 세운 계교에 있어 겨우 징검다리에 불과해. 시건방진 놈들. 감히 우리와 맞서 싸우려고 해? 나원, 가소로워서."

사수붕은 음흉한 미소를 지었다.

홀균하는 내심 안도의 한숨을 내쉬었다.

'휴우, 다행이다. 원주님이 기분이 풀리신 듯하니. 니미
랄. 나, 파면냉소 홀균하면 음흉과 잔인함인데, 어떻게
된 게 원주님 앞에서는……'

심중 부아가 치밀었다. 도대체 이해가 되지 않았다. 사수
붕 앞에만 서면 자신이 너무 무력했다.

사수붕의 일갈에 두려움을 느껴 몸을 발발 떨 정도로 말
이다.

'이게 말이 돼? 천하의 홀균하가 말이야.'

하지만 홀균하는 모르고 있었다.

악은 더한 악에 무력하고, 악인은 더 악랄한 악인에겐 기
를 펴지 못한다는 것을 말이다.

그의 귀에 사수붕이 득의양양한 웃음이 들렸다.

"으하하하하!"

사천 성도 북쪽에는 덕양현과 면양현이 있다. 면양현 외
곽에는 한 령(嶺)이 있었는데, 인근에 사는 이들은 당가령
(唐家嶺)이라 불렀다.

당가령 너머에는 상당한 규모의 비옥한 토지가 드넓게 펼

쳐져 있는데, 그곳에는 몇 백 년 전부터 한 씨족이 집성촌을 형성하고 대를 이어 왔다.

마을의 규모는 웬만한 강호 문파를 압도했다. 마치 작은 현처럼 온갖 것들이 있었다. 중심부에는 한 대장원이 있었는데, 장원을 중심으로 다수의 전각이 일정한 배열로 에워쌌다.

강호인들은 마을을 당가타라고, 대장원을 당문(唐門) 또는 사천당가(四川唐家)라고 불렀다.

사천당가 의사청.

널따란 전각 내부에 다섯 명의 남녀가 앉아 있었다.

그들은 대부분 궁금하다는 기색을 띠었다.

중앙에 앉은 한 사람만이 태연한 모습으로 좌중을 둘러보았다.

무심. 그는 좀처럼 속내를 드러내지 않는 성정인 듯 무표정했다.

당가주 당무곡은 맞은편에 앉은 전옥인을 지그시 바라보았다.

"우리에게 자신을 빼내 달라고 청한 대가를 이젠 내놔야 하지 않겠는가?"

하대였다.

전옥인은 개의치 않았다.

그는 차분한 얼굴로 당무곡을 마주 보며 천천히 입을 열었다.

"말씀대로 대가는 드리겠습니다. 하지만 저는 아직 일신의 안전을 보장받지 못했습니다. 확신이 들지 않습니다. 그런데 대가를 드린다? 글쎄요. 드린 후에 제가 어떻게 될지 불안합니다만."

좌중에 앉은 다른 세 남녀, 당군선과 당군병, 그리고 당군랑은 노기를 띠었다.

당군병은 전옥인을 노려보며 언성을 높였다.

"자네가 지금 있는 곳이 어디라고 생각하나? 우리 당가가 그리 우습게 보이나?"

전옥인은 감정을 드러내지 않았다.

"……"

그는 굳게 입을 다물고 당무곡을 뚫어져라 보았다. 은연중에 당군병을 싹 무시하는 모습이었다.

당군병은 얼굴을 와락 일그러졌다.

'네놈이!'

화가 나고 불쾌했다. 전옥인이 자신을 무시했다. 하나, 참아야 했다. 전옥인은 가주 당무곡을 주시하고 있었다. 뭔가 말하고 싶은 눈치였다.

그랬기에 당군병은 내심 화기를 꾹 눌렀다.

당무곡은 가주이고, 좌중에서 가장 연장자다. 함부로 입을 여는 것은 당무곡을 무시하는 처사이며 가법에 어긋난다.

전옥인은 목소리의 고저가 없는 담박한 목소리로 말했다.

"저는 아직 안심할 수 없습니다, 가주. 아무리 이곳이 당가라고는 하지만, 안심할 수 없는 처지입니다. 저는 언제 어디서든지 죽을 수 있는 위험을 안고 있습니다. 그만큼 중요한 것을 지니고 있다는 말입니다."

당군랑은 얼굴을 찡그렸다.

못마땅했다. 그는 오른손을 들어 탁자를 내려쳤다.

타앙!

그는 전옥인을 향해 언성을 높였다.

"네 이놈, 어디서 그따위 망발을 하는 것이냐? 네놈이 지금 우리에게 내놓을 것이 없어 말을 돌리는 것은 아니냐?"

당무곡은 눈살을 찌푸렸다.

그가 막 입을 열려는 찰나, 당군랑이 먼저 치고 나왔다. 물론 심사가 뒤틀려 그러했을 것이나, 가주인 자신이 주재하는 자리에서 당군랑의 언행은 적절하지 않았다.

조금 전 당군병이 참은 것과는 대조적이다.

전옥인은 느긋하게 당군랑에게 고개를 돌리며 입을 열었다.

"그럴 리가 있겠습니까? 본시 거래란 서로 주고받아야 하는 법. 당가가 제 안전에 대한 확신을 주신다면 말씀드린 대가를 내놓겠습니다."

당군선은 눈빛을 반짝이며 전옥인에게 물었다.

"전 공자."

전옥인은 당군선을 쳐다보았다.

"말씀하십시오."

당군선은 눈매를 반짝였다.

"전 공자가 가진 것 때문에 천존부가 끝까지 쫓을 것이라고 생각하나요? 전 공자가 죽을 때까지 말이에요."

"그건……."

전옥인은 속내를 들킨 듯 당황하는 기색을 띠었다. 그는 부지불식간에 움찔거리며 동요했다.

당무곡과 당군병, 그리고 당군랑은 전옥인의 모습에 눈매를 반짝였다.

전옥인은 재빨리 침착한 표정을 지었다.

"과거 얼핏 들은 적이 있습니다. 당가 내원에 사천제일지라 불려도 손색이 없는 한 분이 계신다고 말입니다. 혹, 그분이 아니십니까?"

전옥인은 당군선에게서 시선을 떼지 않았다. 그는 조심스러워했다.

무엇인가를 경계하는 듯…….

당군선은 전옥인을 보며 옅은 미소를 지었다. 그녀는 기분이 좋은 듯 웃음을 흘렸다.

"호호호, 칭찬인 것 같아 기분이 좋네요. 한데 아직 질문의 답은 듣지 못했어요."

당군선은 매서운 눈빛을 띠었다.

전옥인은 당군선에게 부드러운 목소리로 말하기 시작했다.

"천존부가 강호에 알려진 것은 약 삼십 년 가까이 되었습니다. 당가가 무려 수백 년에 이르는 역사와 전통을 지닌 것과 비교해 보면 마치 어른과 어린아이와 같지요. 한데 그런 천존부가 지금은 당가를 위협하고 있습니다."

당군선은 화를 낼 법도 한데 화를 내지 않았다. 그녀는 냉철한 성격인 듯 오히려 침중한 기색을 띠었다.

반면, 당무곡과 당군병, 그리고 당군랑은 눈살을 찌푸렸다.

세 사람은 전옥인이 당가를 낮춰 보는 것 같아 심중 못마땅했다. 그러나 그들은 입을 다물고 당가의 지낭 당군선과 전옥인의 대화에 귀를 기울였다.

주어진 상황을 냉정하게 살펴보는 것은 상황에 대처하는 순서에 있어 첫 번째에 해당하기 때문이다.

현실을 정확하게 직시하지 못하면 터무니없는 선택을 할 수밖에 없고, 그렇게 되면 당가는 감당하기 벅찬 피해를 입을 수도 있다.

당군선은 평온한 목소리로 전옥인의 말을 맞받아쳤다.

"이상한 일이긴 해요. 삼십 년이라…… 강산이 세 번은 바뀔 세월이죠. 그 세월 동안 천존부는 신강, 서장, 청해를 아우르는 막강한 세력을 구축했어요. 좀처럼 찾아볼 수 없는 이례적인 일이죠."

그녀의 목소리에서 당가의 사람이라는 강한 자부심이 엿보였다.

당군선과 전옥인의 대화에 당무곡, 당군병, 당군랑은 눈빛을 반짝였다.

뭔가 있다?

전옥인은 히죽 웃었다.

"천존부에 과연 무엇이 있어 그런 세력과 힘을 지니게 되었는지 궁금하지 않으십니까? 분명 그것을 가능케 한 무엇이 있을 텐데 말입니다."

당무곡, 당군병, 당군랑, 당군선은 일순 움찔했다.

그들은 전옥인을 뚫어져라 쳐다보았다.

다들 전옥인이 그 해답을 쥐고 있다고 생각했다.

2장

일다경이 지났다.

당무곡과 당군선은 전옥인이 알고 있는 것을, 그를 구해
준 대가를 얻기 위해 상당한 시간을 할애하며 설득했다.

당무곡은 날카로운 눈빛을 번득였다.

"자네가 뭔가 알고 지닌 것이 있다면, 자네는 우리 당가
의 매우 귀한 손님이라 할 수 있네. 물론 천존부로서는 자
네가 살아 있는 것을 용납할 수 없을 것이네만."

"……."

전옥인은 말을 멈춘 당무곡을 보며 눈매를 반짝였다.

당무곡은 침착한 목소리로 말을 이었다.

"아마 모르긴 해도 그들은 모든 힘을 총동원해 자네의 입
을 막고, 자네가 지닌 것을 뺏고자 할 것이네. 자네가 왜 그

리 일신의 안전에 불안해하는지 내 십분 이해하네만……."

당무곡은 전옥인을 응시하며 단언을 내리듯 단호하게 말했다.

"여기는 사천당가라네. 우리 당씨 외에 그 누구도 당가타를 함부로 드나들 수 없다네. 다들 훤히 얼굴을 아는 처지이다 보니, 외인이 당가타나 당가 내부로 들어올 경우 금방 눈에 띈다네. 내 말 무슨 뜻인지 알겠나? 자네는 지금 매우 안전하다는 말일세."

네놈은 안전하다. 그러니 네놈이 가진 패를 꺼내 까 봐라.

당무곡은 그런 속내를 전옥인에게 알렸다.

그러자 전옥인은 묘한 느낌을 주는 미소를 머금었다. 그 모습이 마치 당무곡을 비웃는 것 같았다.

당군선, 당군병, 당군랑은 안색을 흐리며 눈살을 찌푸렸다.

딱히 미소만 가지고 전옥인에게 뭐라 말할 수는 없는 노릇이다. 그 미소가 비웃는 것 같다고 언성을 높일 경우, 자칫 전옥인이 발끈할 수도 있다.

칼자루는 전옥인이 쥐고 있었다.

당가는 그가 알고 있는, 가지고 있는 패(?)를 필요로 했다. 질질 끌려가는 마뜩찮은 상황이지만, 참을 수밖에 달리 길이 없었다.

당무곡 역시 언짢다는 기색을 띠었다.

그는 그렇게 함으로써 불편한 심기를 내비쳤다. 암암리에 전옥인에게 심적인 부담감을 지우며 압박했다.

전옥인은 당무곡을 향해 천천히 입을 뗐다.

"제가 청해를 벗어날 수 있었던 데는 당가의 도움이 지대했던 것이 분명한 사실입니다. 인정합니다. 응당 그에 합당한 대가를 드려야겠지요."

전옥인은 어쩔 수 없다는, 마지못해 한다는 기색을 띠었다.

그는 두 손을 들어 오른손으로 왼 소매를 잡아뜯었다.

부우욱— 우두둑.

그런 뒤 전옥인은 소매에서 둘둘 말린 낡은 양피지 조각으로 보이는 것을 꺼냈다.

양피지는 둘둘 말아 비비 꼰, 부피를 최대한 줄인 모양이었다.

얼마나 공을 들였는지, 가늘고 길어 대략 서너 치는 될 듯했다.

감쪽같았다.

소매에 띠처럼 말아 넣고 꿰매면 전혀 티가 나지 않을 것 같았다.

아마 알아채는 자가 거의 없을 것이다. 소매에 양피지 조각이 있을 줄은 말이다.

당무곡을 비롯한 네 사람은 의외라는 눈빛을 띠었다.

그들의 시선이 전옥인이 꺼낸 양피지 조각에 쏠렸다. 다들 알게 모르게 강한 호기심을 내비쳤다.

전옥인은 양피지 조각을 탁자에 내려놓았다.

"천존부가 지난 삼십 년 동안 지금과 같은 성세를 유지해 온 비밀 중 극비라 할 수 있는 것입니다."

당무곡은 고개를 돌려 당군선을 바라보았다.

당군선은 살며시 고개를 끄덕이며 오른손을 양피지를 향해 내밀었다.

당군병과 당군랑은 당군선을 바라보며 긴장감을 느끼는 듯 얼굴을 경직했다.

당무곡은 내심 회심의 미소를 지었다.

'후후.'

그는 전옥인이 가진 패를 드디어 수중에 넣었다 생각했다.

'무엇이기에 그를 그토록 죽이고자 했을까?'

당무곡은 천존부가 전옥인을 죽이려고 기를 쓴 이유를 알고 싶었다.

당군선은 그사이 양피지 조각을 들고 살펴보았다.

양피지의 위와 우측에 잘라 낸 흔적이 보였다. 날카로운 비수나 칼 같은 것으로 자른 듯했다.

당군선은 고개를 들어 전옥인을 쳐다보았다.

"갖고 있는 것 중의 일부이겠군요, 전 공자."

"하하하하!"

전옥인은 호쾌하게 웃었다. 그는 웃음을 그치며 당연하다는 투로 말했다.

"모든 것을 다 까발리고 죽기에 저는 아직 젊습니다. 그리고 억울하기도 하죠. 제가 도움을 받을 만한 값어치가 있어야 여러분이 저를 보호해 주시지 않겠습니까? 아니 그렇습니까, 당 낭랑?"

전옥인은 눈매를 반짝였다.

"양피지는 그것 하나이지만 중요한 것은 제 머릿속에 있습니다. 단순히 양피지만 가지고서는 아무것도 알 수가 없지요."

당군선은 뜻밖이라는 기색을 띠었다.

"용의주도하군요. 하긴 하나밖에 없는 목숨이 걸린 일이니, 당연하겠죠. 이해해요."

그녀는 전옥인을 어르며 편을 드는 듯 말했다. 전옥인의 호감을 이끌어 내려는 의도였다.

당군선은 내심 중얼거렸다.

'조심성이 많은 자다. 섣불리 자극했다가 입을 다물어 버린다면 우리만 손해다. 일단은 본 가가 도움이 되고 믿을 만하다는 확신을 주는 것이 먼저다.'

그녀는 시선을 숙여 손에 쥔 양피지를 보았다.

'산을 비교적 자세히 그린 것 같기도 하고, 강을 나타내는 것인가? 이쪽의 선은 길이나 관도?'

일목요연하게 알아볼 수가 없었다. 일종의 파자나 기호 같은 것으로 표기되어 전옥인이 무엇인지 말하기 전에는 자세히 파악하는 것은 매우 어려웠다.

일종의 암어(暗語) 같았다.

게다가 전체의 일부라 명확한 것이 거의 없다. 그저 특정 지형을 나타내는 것이 다였다.

당군선은 고개를 들어 당무곡에게 지도를 건넸다. 그녀는 그 와중에도 전옥인을 흘낏거렸다.

"전 공자, 특정 지형을 나타내는 지도 중 일부인 듯한데……"

"글쎄요. 제가 드릴 수 있는 말씀은 장보도의 일부라는 겁니다. 현 천존부의 성세가 그 양피지에서 기원했습니다. 즉, 그 양피지는 매우 엄청난 비밀을……."

전옥인은 말을 흘리며 좌중에 앉은 남녀의 궁금증을 증폭시켰다.

당무곡이 잠시 양피지를 훑어보았다. 그러고는 고개를 들어 예사롭지 않은 눈으로 전옥인을 쳐다보았다.

당군병과 당군랑은 들뜬 기색을 띠었다.

장보도.

일반적으로 무엇인가를 감추어 둔 장소를 표시한 지도다. 강호의 상식대로라면 아마 엄청난 광세무공이나 재화일 것이다.

천존부의 성세가 장보도에서 기인한다면 무가지보라고 할 수 있다. 또한 그들이 회수하기 위해 전옥인을 죽이려고 했다면 아직 그 값어치가 남아 있다는 말이 된다.

아무 값어치가 없다면 구태여 전옥인을 죽이고 장보도를 회수하려고 기를 쓸 필요가 없을 테니 말이다.

당군병과 당군랑은 서둘러 말했다.

"양피지가 가리키는 것이 무엇인가?"

"혹, 무공이나 금은보화와 같은 재화인가?"

두 사람은 전옥인을 뚫어지게 쳐다보았다. 빨리 알고 싶다는 속내가 고스란히 얼굴에 드러났다.

하지만 전옥인은 두 사람의 애를 태우려고 하는 듯 의자에 등을 기댔다.

그는 느긋한 자세로 천천히 입을 열었다.

"두 가지 다일 수도 있습니다. 제가 아는 바로는 과거 우내 최강이라 불린 한 무세(武勢)의 유적 중 한 곳을……."

"논점을 흐리지 말고 명확하게 말해 주게."

당무곡은 전옥인을 향해 두 눈을 부릅떴다.

전옥인은 순간 흠칫하며 고민하는 기색을 띠었다.

'걸려들었어. 크크큭.'

그는 어쩔 수 없다는 표정을 지으며 당무곡을 향해 입을 열기 시작했다.

"……강호인들이 너나 할 것 없이 고금 최강이라 인정하는 세력. 상고 시대에 발흥하여 강호에 숱한 전설과 신화를 남긴 문파. 천년 마교! 바로 그들의 유적 중 한 곳을 그린 겁니다. 아울러 아직 유적은 온전히 다 발굴되지 않았습니다. 겨우 반 정도 발굴되었을 뿐이죠. 하지만 그 반만으로도 천존부는 신강, 청해, 서장을 아우르는 거대 세력으로 성장했습니다. 아마 모르긴 해도 극비리에 발굴하는…… 마무리가 된다면 무림맹이라고 해도 천존부를 막을 수는 없을 것입니다."

"헛!"

"킥!"

그들은 두 눈을 화등잔만 하게 부릅뜨며 망연자실했다. 넋을 놓은 듯한 모습들이었다.

충격이었다.

천년마교(千年魔敎).

영원한 마도의 전설이자 신화.

아득한 상고시대부터 몇 백 년 전까지 그들은 부정기적으로 강호에 모습을 드러냈다.

그들은 절대적인 무력으로 강호에 피바람을 불러왔다. 압도적인 그들의 무력에 맞설 수 있는 단일 세력이나 개인은 강호사를 통틀어 몇 되지 않는다.

죽음과 피, 그리고 시체의 산으로 대변되는 강호 사상 최강의 세력.

그들이 등장할 때마다 영웅이 탄생했고, 수많은 비사가 생겼다.

―뉘가 있어 천년마교에 대적하리오.

그들을 언급할 때마다 강호 사가는 그렇게 말하며 깊이 탄식했다.

당무곡은 얼이 빠진 듯 멍한 표정으로 나직이 중얼거렸다.

"맙소사, 사라진 지 몇 백 년이나 지난 그들의 유적이 천존부 수중에 들어가다니."

그는 공포에 짓눌린 모습이었다.

전옥인은 몹시 꺼리는 표정을 지었다.

"천존부가 오늘날과 같은 성세를 누리는 데에는 그간 지속적으로 발굴한 유적에 원인이 있습니다. 유적에서 발굴해 낸 각종 무공과 헤아릴 수 없는 기진이보를 바탕으로 그들은 신강, 청해, 서장을 장악할 수 있었습니다. 지금 이 순간에도 천존부는 강해져 가고 있다는 것을 잊지 마십시오."

당군선, 당군병, 당군랑은 충격을 주체할 수가 없어 몸을 부르르 떨었다.

당무곡은 고개를 숙여 손에 든 양피지를 황망한 눈으로 보았다.

전옥인이 어떤 것을 천존부에서 빼냈는지 실감이 나지 않았다.

그들은 모두 할 말을 잃었다.

전옥인은 그들의 기색과 동정을 암암리에 살피며 내심 쾌재를 불렀다.

'으하하하하! 걸려들었군!'

삼두음사 사수붕의 계교가 먹혀 든 것이었다.

❖   ❖   ❖

사천당가는 크게 세 구역으로 나누어진다.

첫 번째 구역은 당가의 내원으로, 당가의 직계나 그들의
가족이 거주한다. 내원을 움직이는 이들은 대부분 당가에
시집온 여인들이었다.

현 내원주는 당대 당가주 당무곡의 모친이었다.

두 번째 구역은 중원이라 부르는데, 실질적인 당가의 모
든 것이 결정되고 움직이는 공간이다.

당무곡이 집무를 보는 가주전과 당가의 실질적인 무력 조
직이라 할 수 있는 각 당(堂), 그리고 기타 전각들이 있다.

세 번째는 하원으로, 당가를 찾아오는 귀빈들이 묵는 접
빈청과 당가타의 아이들에게 학문과 무공의 기초를 가르치
는 교무원, 그리고 당가의 하인이나 시비들의 거처 등이 있
다.

저벅저벅.

임유성은 소로를 걸어가고 있었다. 소로는 폭이 협소했는
데, 세 사람이 나란히 서서 걸어가면 꽉 찰 것 같았다.

전날 파고랍산에서 빠져나온 후 뒤늦게 지원 온 당가의
이들과 만났다. 그런 뒤 그는 양우진의 일행과 함께 낭인시

장으로 돌아가려 했다.

"파고랍산에서 몇 날 며칠 동안 굶었잖아요. 그러니 본
가로 가서 푹 쉬며 몸을 추스르다 가세요."

"하하하, 그렇게 하십시다. 우리에게는 생명의 은인인데.
이리 헤어지면 강호인들이 우리를 후안무치하다고 할 것이
오. 게다가 남은 의뢰비의 잔금도 받아야 하지 않겠소."

당설아와 당무육이 청했다. 양우진과 방일수, 그리고 보
미랑은 그들의 호의를 흔쾌히 받아들었다.

무엇보다도 당가와 인연을 맺을 수 있는 좋은 기회였다.
그리고 잔금도 받아야 했고, 당가의 접빈청에서 간만에 푹
쉴 수 있는 기회였던 탓에 다들 발길을 당가로 돌렸다.

임유성 역시 잔금도 받을 겸 며칠 묵는 것 정도야 별문제
가 없다고 생각했다.

"가자고."

그런데다 양우진이 웃으며 청해 마지못해 따르는 척했다.

임유성과 양우진 일행이 당가의 접빈청에 든 후, 당가의
대접은 융숭했다. 아니, 다들 낭인이라는 신분을 감안한다
면 극진하다고까지 할 수 있었다.

물론 당무육과 당설아는 나름 속셈이 있었다.

"이참에 저 사람과 어느 정도 얼굴을 터놓죠. 향후 본 가에 좋으면 좋았지, 나쁠 것은 없을 것 같으니까요."

"옳은 판단이다. 단순히 낭인이라고 무시하기에는 그의 무위가 범상치 않다. 그러니 좋은 관계를 유지하는 것이 본가에 이로울 것이다. 자고로 강호에서 인맥을 잘 다져 놓으면 언제나 뜻밖의 좋은 결과를 종종 얻고는 하니."

당무육과 당설아는 임유성이 상당한 무위의 고수라고 생각했다. 그 때문에 임유성과 친분을 쌓고자 했다.

대개 강호인들은 낭인들을 꺼린다.

돈을 받고 의뢰를 수행하는 탓에 강호인들은 낭인을 돈에 팔려 다니는 잡배로 보았다. 하지만 낭인들 중 무공이 고강한 자는 함부로 대하지 않았다.

강자에게는 그만한 대우를 해 줘야 하기 때문이다. 그 때문에 무명이 널리 알려진 유명한 낭인의 경우, 강호 어디를 가더라도 합당한 대접을 받는다.

그 밑바탕에는 적자생존이자 약육강식이라는 눈에 보이지 않는 일종의 관습법 같은 규칙이 강호를 지배하고 있기 때문이었다.

─강한 것은 아름답다.

─강자는 그에 합당한 대우를 받을 권리가 있다.

─강호는 강자존이다.

이른바 강호의 속성이라 말하는 것들이다. 자고로 세상에
는 이유없는 호의는 없는 법.

임유성과 양우진 일행은 당무육과 당설아의 포석에 그대
로 말려들었다.

임유성은 소로를 걸으며 주변을 둘러보았다.

당가의 접빈청은 나무랄 데가 없었다.

음식, 잠자리 등 모든 것이 만족스러웠다.

하지만 며칠 묵었더니 좀이 쑤셨다.

무공을 수련하려고 해도 신경을 써야 할 이목이 적지 않
았다. 그렇다고 가만히 있자니 몸이 근질거려 견디기 어려
웠다. 그런 연유로 산책을 겸해 바람을 쏘이고자 접빈청을
나섰다.

"벌써 여름인가?"

임유성은 내리쬐는 따가운 양광에 눈살을 찡그렸다.

터벅터벅.

얼마나 걸었을까.

그가 걸어가던 소로 좌측에서 고함이 들렸다.

"추명아, 나한전은 손가락 사이에 끼우고 던지라고 말했
지! 그리고 손목의 움직임에 신경을 쓰라고 내가 몇 번이나
말해!"

신경질적인 목소리였다.

임유성은 멈칫했다. 귀에 들려오는 손목의 움직임이라는 말.

그는 자신도 모르게 말이 들린 왼쪽으로 돌아서며 걸음을 떼었다.

시야에 뻥 뚫린 둥근 월동문이 보였다. 안쪽이 연무장인 듯 소동들이 오가는 모습이 보였다.

스물 후반 내지 서른 초반으로 보이는 장한이 여남은 명의 소동들 사이에서 오갔다.

소동들은 이제 갓 일고여덟 어림 되어 보였다.

"치!"

한 소동이 짜증스러운 표정을 지으며 툴툴댔다.

막 소동을 지나친 장한은 돌아서며 오른손을 들어 소동의 머리를 쥐어박았다.

"아악!"

소동 당추명은 두 손을 들어 머리를 감싸며 아프다는 표정을 지었다.

장한은 당추명에게 버럭 소리쳤다.

"투덜대지 말고 열심히 해!"

당추명은 두 손으로 머리를 긁었다.

"아이고, 아파라. 교두님, 나한전이 마음먹은 대로 안 되잖아요."

소동들에게 암기술을 가르치는 교두 당하전은 성난 목소리로 고함쳤다.

"연습을 게을리하니 그렇지, 욘석아! 친구들과 놀러 다니는 데 정신 팔지 말고 하루에 두 시진은 배운 걸 연습하라고 했어, 안 했어."

"히잉."

"이게 어디서 울려고 해? 추명이, 너. 그런 표정 짓는다고 내가 봐줄 줄 알아?"

"저도 열심히 연습했다고요."

"어이구, 이 돌을 그냥 콰악."

당하전은 한 대 치고 싶었다. 당추명의 말을 못 믿는 것이 아니었다. 나름 열심히 하는 것을 안다.

하지만 세상에는 죽어라 해도 안 되는 사람이 있다. 남들에게는 쉬운 것이 그들에게는 매우 어렵다.

그 탓에 가르치는 이들이 매우 답답하다. 그 때문에 득달같이 몰아치며 분발을 촉구한다.

가르치는 이들은 사람이 다 다르다는 것을 고려하지 않는 것이다.

사람마다 이해가 빠르고 늦으며 잘하는 것과 못하는 것이 있다. 그것을 개성이라고 말한다.

당하전이 당추명을 야단치자, 주위에 있는 소동들이 고개를 숙이며 키득거렸다.

"킥킥, 추명이 쟤는 암기술엔 젬병이야."

"누가 아니래? 그런데 말이야, 추명이는 암기 만드는 건 우리들 중 최고잖아."

"맞아. 암기 만드는 야장이신 노수 할아버님이 추명이가 크면 제자로 삼겠다고 하셨잖아."

"푸웁, 아무리 생각해도 우스워. 암기를 제대로 던지지도 못하는 추명이가 암기는 잘 만든다니 말이야."

"세상 희한하지. 히히히."

소동들은 작은 목소리로 서로 속삭이며 당하전의 눈치를 보았다.

임유성은 자신도 모르게 월동문을 지나 연무장으로 향했다.

그가 연무장에 이르렀을 때, 당하전이 당추명을 야단치는 모습이 보였다.

당추명이 울먹이려고 하는 모습이 측은했다.

그 때문이었을까.

임유성은 무심코 말하고 말았다.

"손목을 움직이자면 허리와 어깨를 먼저 단련해야 한다. 허리와 어깨가 충분한 뒷받침을 해 주어야 손목의 힘이 살아나기 때문이다. 손목만 사용하려 하지 말고 팔 전체를 사용해 봐라. 팔이 길어져 손목까지 이어진다는 감각으로…… 손목의 역할은 무게중심을 잡는 것으로 족하다. 무게중심만 확실하게 잡힌다면 손목의 움직임은 무난하게……."

임유성은 조공산이 전한 심득을 수련하며 얻은 바를 입에 올렸다.

당하전과 당추명, 그리고 다른 아이들이 임유성에게 고개를 돌렸다.

다들 의아해했다.

그중에서도 당하전은 경계의 눈빛을 띠며 임유성을 바라보았다.

타인의 수련을 훔쳐 보는 것은 강호의 금기.

비록 아이들이 기초를 다지는 것이라고 해도 허락없이 무단으로 끼어드는 것은 문제의 소지가 있었다.

당하전은 불쾌감이 담긴 목소리로 물었다.

"뉘시오? 못 보던 얼굴이오만."

임유성은 흠칫했다. 그제야 자신이 괜한 참견을 했다는 것을 인지한 것이다.

'아차!'

남의 집안일에 끼어들었다는 진한 꺼림칙함이 일었다.

임유성은 천천히 정중하게 고개를 숙였다.

"죄송합니다. 잠시 아이가 힘들어 하는 것을 보고 저도 모르게 그만 나서고 말았습니다. 하나, 일부러 끼어들고자 한 것은 아니니 이해해 주십시오."

"누구냐고 물었소이다."

당하전은 힘주어 말했다.

하지만 그의 옆에 서 있는 당추명은 눈빛을 반짝이며 임유성을 쳐다보았다.

얼굴에는 진한 호기심이 가득했다.

임유성은 당하전에게 평온한 목소리로 말했다.

"접빈청에 묵고 있는 낭인 임유성이라고 합니다."

"낭인?"

당하전은 의심스러운 기색을 띠었다.

"여기는 아이들에게 기초적인 무공을 가르치는 곳이오. 본 가의 사람 외에 다른 사람은 함부로 들어올 수 없소. 그리고 강호에서 다른 이의 연무를 지켜보는 것은 금기라는 것을 알고 있소."

물정 모르는 듯한 임유성에게 내리는 경고였다.

당하전은 그가 마뜩찮았다.

'겨우 낭인 주제에 뭘 안다고.'

그는 임유성이 낭인이라는 걸 알고 깔보았다.

이는 전형적인 강호인들의 시각이기도 했다.

임유성은 당가의 사람과 얼굴을 붉힐 필요는 없다고 생각했다. 때문에 그는 한 발 물러났다.

"죄송합니다. 그럴 의도는 없었습니다. 그럼."

"흠, 되었소. 그 말 믿겠소이다."

당하전은 임유성을 크게 탓하지 않았다.

'아이들이 익히는 무공을 탐할 리가 없겠지.'

아이들이 수련하는 것은 기초 중의 기초다. 훔쳐 배울 이유도, 필요도 없다.

당하전은 임유성이 무공을 훔쳐 배우고자 연무장에 온 것은 아니라고 판단했다. 임유성의 말마따나 우연히 찾아들었을 것이다. 게다가 접빈청에 묵고 있다 말했다.

낭인이 접빈청에 드는 것은 상당한 위치에 있는 당가 사람의 배려라고 봐야 한다. 적어도 자신보다 항렬이 위일 것이다.

그러니 일을 크게 만들지 않는 것이 현명하다.

적당히 경고하고 좋게 마무리 짓는 것이 이롭다.

당하전은 돌아서서 월동문을 향해 걸어가는 임유성을 보며 나지막하게 중얼거렸다.

"낭인 주제에 제법 손목 움직임에 관해 알고 있군."

곁에 있던 당추명은 그 중얼거림을 고스란히 다 들었다.

'접빈청에 있다고 했지.'

뭔가를 떠올린 듯 당추명은 임유성을 바라보며 눈빛을 반짝였다.

짙은 어둠이 당가 중원을 뒤덮었다. 외진 곳에 자리한 누각의 주변은 산사처럼 고즈넉해 을씨년스러웠다.

거기에는 다리가 엇갈린 몇몇 삼각대가 일정한 간격으로 세워져 있었다. 삼각대에는 화로가 얹어져 있는데, 불어오는 밤바람에 붉은 불길이 양쪽으로 흔들리며 어둠을 밝혔다.

화르륵화르륵.

누각 주변에는 여남은 명의 무사들이 흩어져 저마다 일정한 방위를 경계했다. 한데 그 모습이 남달랐다. 어둠 속에서 번쩍이는 눈동자가 척 보기에도 정예 중의 정예 같았다.

"풋."

전옥인은 창가에 서서 당가의 최정예 무사들을 바라보았다.

그는 조소를 지으며 나직하게 중얼거렸다.

"날 가두어 두겠다? 크큭, 하긴 장보도만으로는 뭐가 뭔지 알 수 없으니 내가 꼭 필요하겠지."

전옥인은 당가 의사청에서 있던 일을 생각했다. 당가의 실세들은 하나같이 기함할 듯 놀랐다.

"크크크……."

전옥인은 흡족해했다.

그때, 방문 밖에서 조심스러워하는 낯선 목소리가 들렸다.

"저어, 들어가도 되겠습니까요?"

전옥인은 움찔하며 고개를 방문으로 돌렸다.

"들어오시오."

방문이 열리며 작은 소반을 든 노인이 들어왔다.

노인은 방에 있는 탁자로 걸어가 소반을 내려놓고는 전옥인을 향해 돌아섰다.

"시장하시죠? 어서 드십시오."

전옥인은 의구심이 가득한 표정을 지었다.

"노인장, 시비가 오지 않고 왜 노인장이 온 것이오?"

노인은 송구스럽다는 듯 살며시 고개를 숙였다.

"죄송합니다요. 저는 그저 윗분께서 시키시는 대로 할 뿐이라……."

"흠, 알겠소. 그만 나가 보시오."

"네, 그럼."

노인은 방문으로 돌아서며 걸어갔다.

전옥인은 노인이 방을 나가는 것을 보고는 고개를 탁자로 돌렸다.

'훗, 내가 시비라도 건드릴까 봐…… 그도 아니면 내 거처나 존재가 밖으로 새어 나갈 것을 염려한 것인가?'

자고로 여자의 입방아는 가벼운 법. 낯선 자가 당가 중원에 있는 외진 누각에 있으면 알게 모르게 시비들 사이에서 말이 있기 마련이다.

전옥인은 소리없이 실소했다. 당가가 자신을 옴짝달싹하지 못하게 옭아매는 것 같았다.

전옥인은 탁자로 걸어가며 중얼거렸다.

"낮에 주었던 장보도 조각 때문이겠지. 탐욕스러운 연놈들."

전옥인은 당가의 실세들을 상기했다.

"당분간 자유롭지 못하겠군. 필시 당가가 알게 모르게 나를 구속하고 움직임을 제한하고자 할 것이 불을 보듯 빤하니."

그는 탁자에 다다라 자리에 앉으며 젓가락을 집어 들었

다. 그러고는 식사를 하기 시작했다.

시간이 얼마나 지났을까.

그가 막 밥사발을 비웠을 때였다.

"응?"

전옥인은 눈에 들어오는 뜻밖의 것에 화들짝 놀랐다.

사발 바닥에 쓰인 깨알 같은 글자들.

전옥인은 고개를 들고 방문을 바라보았다.

바르르.

눈썹이 가늘게 떨렸다. 두 눈동자에 놀라움과 당황이라는 감정이 담겼다.

"설마 그 노인이?"

전옥인은 찰람원주 사수붕과 은영(隱影)이라 불리는 찰람원의 밀정들을 머리에 떠올렸다.

"흐윽."

순간, 전율스러운 소름이 일어나 전신을 훑어 내렸다.

"이, 이럴 수가?"

당가 깊숙이까지 찰람원의 촉수가 뻗어 있던 것이다.

전옥인은 새삼 두려움을 느꼈다.

세상 어디를 가더라도 사수붕의 손아귀에서 벗어날 수 없을 것 같았다.

찰람원이란 조직이 마치 헤어 나올 수 없는 늪처럼 느껴졌다.

한 번 빠지면 결코 빠져나올 수 없는, 빠져나오려고 몸부림을 치면 칠수록 더 깊이 빠져드는 늪.

전옥인은 천천히 손에 쥔 젓가락을 내려놓았다.

안색이 급격히 어두워졌다. 암담한 표정이 지어지며 침중한 마음이 식욕을 싹 앗아 갔다.

절망과 포기, 그리고 두려움이란 감정이 물밀듯이 밀려왔다.

"나는 사 원주의 손아귀에서 영원히 도망칠 수 없는 건가……."

전옥인은 머리에 떠오르는 상념에 미미하게 몸을 떨었다.

암담하고 참담했다.

그렇게 전옥인은 서서히 자포자기라는 자멸의 단계를 밟아갔다.

그는 사수붕이 원하는 궁극적인 목적을 위해 자신이 움직일 수밖에 없다는 현실을 받아들였다.

"어쩌면 그 끝에는 죽음이 날 향해 입을 벌리고 있을지도……."

전옥인은 자신이 죽음을 향해 서서히 다가가고 있다는 것을 무의식적으로 느끼고 있었다.

양우진이 배를 잡고 방바닥을 떼굴떼굴 굴렀다.

"으하하하하!"

그는 우스워 죽겠다는 듯 방이 떠나가라 폭소했다.

방일수는 웃음을 참느라 오만상을 지었다.

보미랑은 고개를 옆으로 돌려 눈에 보이는 상황을 외면하려 했다.

보고 있노라면 양우진과 똑같은 모습을 보일 것만 같았다.

세 사람과 달리 눈앞의 광경에 임유성은 어쩔 줄을 몰라 했다.

낮에 보았던 당추명이 방바닥에 두 무릎을 꿇고 대뜸 하는 말이 가관이었다.

"사부님, 제자로 거두어 주십시오. 열과 성을 다해 받들어 모시겠습니다."

다짜고짜 찾아온 꼬맹이 당추명이 제자로 삼아 달라고 떼를 쓰는 것이었다.

임유성은 울지도, 웃지도 못하는 황당한 표정을 지었다.

뭐라 말해야 좋을지 곤혹스럽고 당황스러웠다.

철없는 꼬맹이기에 으레 그런가 보다 생각하고 넘어가려 했다.

그런데 양우진과 방일수, 그리고 보미랑은 그렇지 않았나 보다.

마치 재미있는 일이 벌어진 듯 임유성을 주시했다.

임유성은 얼굴이 뜨거웠다.

화끈 달아오르고 붉어졌다.

어떻게 해야 할지 몰라 너무 당황스러웠다.

그런데도 요 꼬맹이 당추명은 진지했다.

"사부님!"

그렇게 말하지 않으면 안 되는 것처럼 자신을 불렀다.

그 말에 양우진은 두 손으로 배를 잡고 허리를 깊이 숙였다.

"으하하하하! 유성아, 너 정말 대단하다! 하하하하! 당가에 들어와 당가타의 아이를 제자로 삼다니. 크하하하! 그것도 낭인 신분에…… 커, 컥! 나, 죽어. 죽는다고. 푸하하하하!"

양우진은 너무 황당하고 어이가 없었다. 말도 안 되는 일이 눈앞에서 버젓이 벌어졌다.

꼬맹이 당추명이 하는 짓이 사람으로 하여금 배를 잡고 뒹굴게 했다.

그러나 당추명은 얼굴빛 하나 바꾸지 않고 진지하고 엄숙하게 말했다.

"사부님, 절 제자로 받아 주십시오. 사부님의 명이시라면 뭐든지 다 하겠습니다."

임유성은 쓸개를 씹은 듯 표정을 찡그렸다.

너무 어이가 없어 말이 나오지 않았다.

당추명은 여전히 두 눈에 힘을 팍팍 주며 비장한 표정을 지었다.

그 모습이 지켜보는 이들의 웃음을 자아냈다.

방일수와 보미랑은 임유성의 눈치를 살피며 웃음을 참느라 무진 애를 썼다.

"푸푸푸풉."

"푸후후흡."

임유성으로서는 두 남녀의 웃음을 막을 방법이 없었다. 고함을 지를 수도, 으박지를 수도, 위협할 수도 없는 상황이었다.

난감하고 난처했다.

두 사람 다 임유성과 안면이 없다. 그 때문에 당가 접빈청에 함께 묵으면서도 서먹서먹했다. 좀처럼 대화를 나누지 않았고, 될 수 있는 한 말을 붙이지도 않았다.

임유성에게 방일수와 보미랑은 거북하고 어려운 사람이었다.

당추명은 그러는 사이에도 여전히 임유성에게 외치며 매달렸다.

"사부님, 손목 움직임을 가르쳐 주십시오!"

이제 겨우 여덟 살 꼬맹이가 어른들의 말투를 흉내 내며, 제 딴에는 의젓하고 진지해 보이려고 노력하는 듯했다.

그런데 그런 언행이 보는 사람으로 하여금 눈물을 찔끔거리게 할 만큼 우스웠다.

"우하하하! 야아, 너 몇 살이냐? 응? 푸하하하하!"

양우진은 미친 사람처럼 마구 웃었다.

당추명은 양우진을 째려보았다.

그 모습이 앙증맞고 귀여웠으며, 한편으로는 절로 웃음을 자아냈다.

당추명은 양우진이 몹시 못마땅하고 싫었으며 불쾌했다.

'조금 전부터 계속……'

자신을 비웃는 것 같아 화가 났다.

당추명은 성난 목소리로 대답했다.

"여덟 살입니다! 그리고 웃지 마시죠!"

양우진은 웃음을 참으려 애쓰며 당추명을 쳐다보았다.

"인마, 유성이는 이제…… 너와 열 살 정도밖에 차이가 나지 않아. 그런데 뭔 스승이야? 응? 하하하하! 그리고 말이다, 스승님이라니. 크크큭, 닭살 돋아, 이 녀석아. 그냥 형이라고 불러. 킥킥킥."

"말도 안 됩니다. 무공을 가르쳐 주는 사람은 무조건 스승님입니다."

"우하하하! 유성아, 애 좀 어떻게 해 봐라. 크하하하! 나……나 죽는다. 하하하하!"

지금으로선 사태의 수습이 최우선이다.

임유성은 급히 당추명에게 말했다.

"나랑 타협하자."

"네?"

당추명은 어리둥절했다.

임유성은 타이르듯 말했다.

"나와 거래를 하자, 이 말이다."

"무슨 말인지……."

당추명은 어리둥절해했다.

임유성은 낭랑하게 말했다.

"나를 사부라고 부르지 말고 형이라 불러라. 그러면 네가 원하는 손목 움직임을 가르쳐 주마. 그리고 내가 너에게 손목 움직임을 가르쳐 주었다는 것은 비밀로 해야 한다. 네 부모님에게도 말해서는 안 된다. 오직 너와 나, 그리고 지금 이 자리에 있는 사람들만의 비밀로 해야 한다. 약속할 수 있겠니?"

"그럼, 그렇게만 하면 가르쳐 주실 건가요?"

임유성은 고개를 힘차게 끄덕였다.

"그래, 가르쳐 주마."

"고맙습니다. 저, 비밀 끝까지 지킬게요."

"후후."

임유성은 당추명을 보며 마주 미소 지었다.

당추명 또한 임유성을 보며 해맑은 미소를 머금었다.

3장

다음 날 이른 새벽.

임유성은 당추명을 접빈청 으슥한 곳으로 불러내 가르침을 전하기 시작했다.

그 과정에서 뜻하지 않은 사실 두 가지를 알게 되었다.

암기를 잡는 방법과 암기를 던지는 방법.

당추명이 손목 움직임을 배우며 암기에 관해 중얼거렸다.

임유성은 그 중얼거림을 들었다.

딱히 자신에게 큰 도움이 되는 것은 아니었지만, 덕분에 임유성은 암기라는 것에 대해 나름 생각하게 되었다.

'손목 움직임을 바탕으로 내가공력을 배합하여…… 위급할 때 상당한 도움이 될 것도 같은데.'

임유성은 당추명이 암기를 잡는 모습에 눈빛을 반짝였다.

만약 자신이 암기를 던지더라도 당가의 암기술 같은 묘용이나 신기를 방불케 하는 재간은 발휘할 수 없다. 다만 던지는 것에 있어 세상 그 누구보다 빠르게는 던질 수 있을 것 같았다.

모든 종류의 암기술에 있어 기본은 빠르고 정확하게 던지는 것이다.

임유성의 가르침에 당추명의 암기술은 일취월장했다.

한편, 당하전은 달라진 당추명의 모습에 칭찬을 아끼지 않았다.

"거 봐라. 열심히 하면 되잖니."

그는 임유성이 당추명을 가르친 것을 까맣게 몰랐다.

❖   ❖   ❖

이틀 후, 임유성과 양우진의 일행은 당가를 떠나기로 했다.

당무육과 당설아는 좀 더 머물기를 청했지만, 임유성과 양우진을 비롯한 일행들은 한사코 떠나겠다고 말했다.

"낭인이 너무 편안해지면 검을 잡기 어렸습니다. 검은 자주 갈아 날을 세워 둬야 녹이 쓰지 않는 법이니까요."

그 말에 당무육과 당설아는 더 이상 만류할 수 없었다. 대신 초출한 자리를 마련했다.

양우진과 방일수, 그리고 보미랑. 세 사람은 당무육과 당설아의 호의를 흔쾌히 받아들였다. 이미 잔금도 받았겠다, 별 부담이 없었다.

해가 지고 어둠에 도처에 짙게 깔렸다.

접빈청에 마련된 술자리에서 차츰 주흥이 깊어 갔다. 다들 술기운이 어느 정도 오른 것이다.

"자아, 한잔 받게."

"고맙습니다."

임유성은 당무육이 건네는 잔을 거리낌없이 받아 들었다. 사내라 그런지 주기가 오르자 이들은 자연스레 친밀해졌다.

당무육은 싱긋 웃으며 말했다.

"보아하니 술깨나 하는 것 같은데, 언제부터 술을 배웠나?"

"어릴 때부터입니다. 한 열여섯 되었나요? 먹고살기 위해 배를 타면서 자연스레 입에 술을 댔습니다. 남들과는 조금 다르죠."

임유성은 고개를 젖히며 단숨에 잔을 비웠다.

"배라……."

당무육은 얼떨떨한 얼굴로 임유성을 보았다.

임유성은 빈 잔을 내려놓으며 다시 입을 뗐다.

"일찍부터 배를 탔습니다. 생계를 이을 만한 것이 없었죠. 목구멍이 포도청이라 뭐든 해야 했습니다. 마침 고향이 바닷가라 흔한 일이 배를 타는 것이었죠."

당설아는 당무육의 우측에 앉아 같은 여인인 보미랑과 죽이 맞는 듯 대화를 나누고 있었다.

그러다 옆에서 들려오는 말을 듣고는 얼굴에 호기심을 띠며 임유성을 쳐다보았다.

"배를 탔다고요? 그렇다면 어부였단 말인가요?"

당설아는 임유성에게 관심을 보이며 뜻밖이라는 기색을 띠었다.

그 모습에 양우진, 방일수, 보미랑, 당무육은 두 사람을 쳐다보았다.

당무육은 당설아가 대화에 끼어들자 내심 의아해했다.

'설아, 이 아이가 왜?'

당무육은 곁눈으로 당설아를 흘겨보았다.

당설아는 야릇한 얼굴빛을 띠고 있었다. 술 때문인지 눈빛도 살짝 풀렸다.

그녀에게서 묘한 호기심이 엿보였다.

보미랑은 당설아를 쳐다보며 작은 미소를 머금었다. 그녀는 당설아의 시선을 쫓아 임유성을 흘깃거렸다.

'저 정도면 어디 내놔도 빠지지 않지. 단지 낭인이고 이렇다 할 배경이 없다는 것과 못 배웠고 혈혈단신이라는……풋, 그리고 보니 결점투성이네.'

보미랑은 같은 여인으로서 당설아의 관심을 예사로 보지 않았다. 여자들 특유의 직감이 뭔가가 있다고 말해 주고 있었다.

임유성은 당무육과 술잔을 섞으며 말을 주고받다가 당설아가 끼어들자 당혹스러웠다.

'이런.'

그는 말하는 것이 주저되어 입을 다물었다.

당설아는 임유성이 입을 다물자 다시 채근했다.

"이봐요, 사람이 묻잖아요."

술 때문인지 다소 거칠어진 목소리.

임유성은 짧은 헛기침을 하며 당무육을 쳐다보았다.

"허험."

말려 달라는 신호였다.

당무육은 고개를 돌려 당설아를 쳐다보았다. 그러고는 타이르듯 말했다.

"설아야, 술을 너무 많이 마신 것 같구나. 그쯤해라."

"무육 오라버니, 저는 술을 많이 마시지 않았어요. 그리고 저 사람이 배를 탔다고 하니까 어부 출신인가 싶어서 물어본 것뿐이에요. 강호인들 중에 어부 출신은 거의 없잖아…… 아, 그렇네요. 낭인이었죠."

순간, 양우진과 방일수의 얼굴빛이 급변했다.

당설아의 말은 낭인들을 낮추어 보는 비하였다. 물론 의도적인 것은 아니었다. 그녀로서는 술에 취한데다 일반적인 호기심에서 나온 대수롭지 않은 발언이었다.

하지만 같은 낭인인 양우진과 방일수의 입장에서는 허투

로 흘려들을 말이 아니었다. 자신들을 깔보고 업신여기는 말이기 때문이다.

보미랑은 눈살을 찌푸리며 내심 혀를 찼다.

'누가 강호를 행도하는 여인 아니랄까 봐. 좀 더 조심스럽게 말했어야지. 쯧쯧.'

그녀는 행여 양우진과 방일수가 꽁할까 싶어 재빨리 끼어들었다.

"호호호, 나도 궁금하네요. 강호인들 중 어부 출신은 거의 없잖아요. 더욱이 낭인 출신은 더 그렇고요."

덕분에 자연스럽게 분위기가 살며시 풀렸다.

보미랑이 당설아에게 동조함으로써 그녀의 말을 대수롭지 않은 말로 바꾸어 버린 것이었다.

당무욱은 내심 가슴을 쓸어내렸다.

'휴우, 하마터면 그간 잘 쌓아 올린 탑이 한순간에 무너질 뻔했어. 설아, 저 아이가 대체 왜?'

당무욱은 문득 의문을 느꼈다.

양우진과 방일수의 얼굴이 굳어지고 진중한 눈빛을 띠며 심각해지는 모습에 긴장했다. 잘잘못을 따지면 여동생 당설아에게 책임이 있는 터라 뭐라 말할 수 없었다.

그렇게 마음속으로 불안해하며 돌아가는 추이를 살피는데, 다행히 보미랑의 도움으로 잘 무마되어 안도했다.

당무욱은 보미랑은 힐끔 쳐다보았다.

'신세를 졌어.'

당무육은 여동생 당설아를 곁눈질했다. 또 무슨 실수를 하지는 않을까 걱정스러운 것이었다.

당설아는 그사이 화가 난 목소리로 다시금 물었다.

"이봐요, 지금 사람 무시해요? 왜 대답이 없어요?"

그녀는 시비를 걸지 못해 안달이 난 사람처럼 태도가 삐딱했다.

양우진과 방일수는 얼굴을 찌푸리며 은연중에 심기가 불편함을 내비쳤다.

하지만 당설아는 두 사람이 자신을 마땅치 않은 눈으로 지켜보고 있다는 것을 몰랐다.

어느 정도 당설아의 내심을 눈치챈 보미랑은 기가 찼다.

'아무리 무림세가의 여자라지만 남자에게 관심을 나타내는 것이 저리 서툴러서야. 남자들이 죄다 도망치겠어.'

하지만 그녀 역시 임유성이 어떻게 나올지 궁금해 말없이 바라보았다.

임유성은 당설아를 가만히 바라보며 입을 열었다.

"소저의 말처럼 흔치 않은, 드문 일입니다. 하지만 전혀 있을 수 없는 일은 아니라고 생각합니다."

"하긴, 뭐……."

당설아는 대수롭지 않은 목소리로 중얼거렸다.

그사이, 임유성은 당무육을 향해 고개를 돌려 양해를 구했다.

"잠시 소피를 좀……."

"알겠네."

당무욱은 부드럽게 미소 지었다.

싱긋.

그는 임유성이 불편한 자리를 피하고자 일부러 핑계를 대는 것을 알아챘다. 동시에 내심 미안했다.

임유성은 천천히 자리에서 일어났다.

당설아가 그 모습에 다시금 말을 붙이려 하자 보미랑이 얼른 끼어들었다.

"당 소저, 언제부터 무공을 익히기 시작했죠? 당가 같은 명문세가라면 매우 일찍부터 무공을 익히기 시작했을 것 같은데."

보미랑은 행여나 당설아가 임유성에게 실수를 할까 싶어 일부러 당설아에게 말을 건 것이었다.

그녀는 당설아의 이목을 자신에게 끌어당겼다.

당설아는 보미랑을 향해 고개를 돌렸다.

"그게 말이에요, 제가 일곱 살 때부터……."

임유성은 그사이 방문을 열고 밖으로 나갔다.

양우진은 임유성의 모습에 슬그머니 시선을 당설아에게 주었다.

'왜지? 유성이에게 왜 그렇게 집착을 하는 걸까?'

그제야 양우진도 당설아에게서 이상한 낌새를 느꼈다. 뭔가 묘하게 신경을 잡아끄는 것이, 당설아에게 무슨 속셈이 있는 것 같았다.

당무육은 자칫 좋았던 분위기가 흐트러질까 염려스러웠다. 그는 방일수에게 잔을 권하며 말을 걸었다.

방일수는 당무육이 자신에게 관심을 보이자 싫지 않은 듯 대답하며 말을 이어 나갔다.

좌중의 술자리에 다시금 대화가 이어지고 술잔이 돌았다. 분위기는 조금 전과 달리 화기애애했다.

임유성은 뜰에 서서 밤하늘을 올려다보았다. 두 눈동자에 야공에 높이 뜬 달이 보였다.

맑고 밝았으며 시렸다.

가만히 보고 있노라니, 마음이 싱숭생숭해지며 착 가라앉았다.

그 순간, 돌연 비명성이 들렸다.

"으아아악!"

비명은 아스라이 울려 퍼졌다.

임유성은 흠칫하며 놀란 표정을 지으며 비명이 들린 방향을 향해 고개를 돌렸다.

"당가 내부에서 누가?"

의문이 일었다.

있을 수 없는 일이다. 자신이 서 있는 곳은 사천의 패자이자 수많은 강호세가의 정점이라고 할 수 있는 오대세가 중 하나인 사천당가였다.

임유성은 재빨리 땅을 차며 신형을 허공으로 띄웠다. 그는 경공을 시전하며 쾌속하게 나아갔다.

파공음이 긴 여운을 흘렸다.

슈아아아—

임유성은 빗금을 긋듯 달을 스쳐 지나갔다.

그 모습이 묘한 흥취를 불러일으키며 문득 아름답다는 상념이 머리에 떠올랐다.

당가 중원.

전옥인의 거처인 누각을 지키던 십여 명의 당가 무사 중 서 있는 자는 겨우 세 명에 불과했다.

일곱 명은 바닥에 쓰러져 움직이지 않았다. 그들에게서 붉은 진홍색 선혈이 흘러나와 주변을 붉게 물들였다.

그로 미루어 보아 쓰러진 일곱 명은 이미 절명한 것 같았다.

세 명의 무사는 진한 흑의를 입은 복면인을 품 자로 둘러싼 채 용감무쌍하게 달려들었다.

"막아!"

"조금만 버티면 곧 지원이 올 거야!"

"젠장, 언제?"

복면인은 품 자의 중앙에 서서 쏜살같이 신형을 움직였다. 그는 세 명의 무사를 주시하며 그들의 공격을 영활하게 피했다.

무사들은 복면인을 맴돌며 쉼없이 검을 휘둘렀다.

쉐엑— 쉬익.

단신으로 일곱 명의 동료를 죽인 복면인이다. 조심하지 않으면 자신들 역시 죽은 동료들의 신세가 될 것이 불을 보듯 확연했다.

그렇다고 공격을 늦출 수도 없는 상황이었다. 그랬다가는 복면인의 공격에 목숨을 잃을 것이 빤하다.

한순간, 복면인이 벼락 치듯 움직이며 정면의 두 무사를 향해 쇄도했다.

"흑!"

"흐윽!"

두 무사는 당황했다.

복면인의 배후에 있는 무사가 소리쳤다.

"조심해."

두 동료가 걱정스러웠다.

두 무사는 쇄도하는 복면인을 향해 각자 검을 쳐 냈다.

쉬— 쉬이잇.

두 자루 검이 복면인의 상체로 향했다.

한 자루는 우측 어깨로, 다른 한 자루는 좌측 가슴으로.

무사들은 복면인에게 무언으로 선택을 강요했다.

우측 어깨를 막을 것이냐, 아니면 좌측 가슴을 막을 것이냐?

한 검을 막으면 다른 검이 복면인에게 짓쳐들어 깊숙이 벨 것이다.

복면인은 왼발로 지면을 밟고는 우측으로 움직였다. 움직임이 영활하고 재빨랐다.

두 무사는 복면인의 모습에 당황하는 기색을 띠었다. 그들은 우측으로 돌아섰다.

그러자 자연스럽게 복면인과 두 무사는 나란히 서게 됐다.

한일자의 선상.

순간, 옅은 파공음이 울렸다.

쉿.

복면인의 좌측에서 배후에 있던 무사가 짓쳐들었다. 무사의 검은 복면인의 좌측 옆구리를 찔러 갔다.

슈우욱.

복면인은 흠칫했다.

그와 동시에 한일자의 선상에 섰던 두 무사가 양쪽으로 흩어졌다. 그들은 복면인의 모습에 그가 당황한다고 생각했다.

'기회!'

'지금이야!'

두 무사는 복면인의 정면과 좌측으로 신속하게 움직였다. 그들은 각자의 검으로 복면인에게 깊은 검상을 주려는 듯 살의가 충천했다.

그러는 찰나, 복면인의 눈매가 작은 빛을 발했다.

반짝.

그의 눈에 정면에서 다가오는 무사가 내려치는 검이 보였다.

복면인은 침착하게 검을 올려쳤다.

까아앙!

두 자루 검이 부딪치며 경쾌한 소리가 울렸다.

복면인은 정면의 무사가 쥔 검을 밀치며 퇴이보(退二步)했다. 그런 뒤, 그는 우측으로 돌며 짓쳐드는, 좌측에서 움직이는 무사의 검을 쳐 냈다.

채앵!

재차 경쾌한 소리가 울렸다.

"큭!"

좌측의 무사는 검을 통해 전해지는 충격에 얼굴을 찡그렸다.

그는 황급히 뒤로 물러나며 검을 상체 앞에 세웠다. 복면인이 재차 공격하는 사태를 감안한 자세였다.

하지만 복면인은 두 다리로 땅을 밀어내며 뒤쪽으로 신형을 던지듯 날렸다.

"허억!"

복면인의 배후를 노렸던, 애초 배후에서 움직였던 무사가 두 눈을 동그랗게 떴다.

그는 놀란 기색이 역력했다.

무사는 미처 예상하지 못한 상황에 엉거주춤했다. 그의 눈에 복면인이 가슴으로 파고드는 모습이 보였다.

텅!

복면인은 등으로 무사의 가슴을 때렸다.

"흐억!"

무사는 아찔한 충격에 비틀거렸다.

복면인은 어느 틈에 검으로 무사의 배를 깊숙이 찔렀다.

슈욱— 푸욱.

검은 단숨에 무사의 배를 뚫고 등 뒤로 튀어나왔다.

"으아아악!"

무사는 고통에 겨워 고개를 쳐들었다. 그는 격렬하게 몸을 떨며 아파했다.

두 무사는 복면인에게 당하는 동료의 모습에 소스라치게 외쳤다.

"안 돼!"

"멈춰!"

그들은 동시에 복면인을 향해 내달렸다.

그러자 복면인은 더는 볼일이 없다는 듯 검을 빼고는 달려오는 두 무사를 보며 눈매를 번쩍였다.

우측과 정면.

복면인에게 당한, 배가 관통당한 무사는 뒤로 쓰러졌다.

복면인은 민첩하게 움직였다. 그는 정면에서 달려드는 무사의 좌측으로 이동했다.

그 모습에 우측에서 달려들던 무사가 외쳤다.

"조심해!"

그는 정면에서 달려드는 동료가 걱정스러웠다.

정면의 무사는 좌측으로 이동하는 복면인을 따라 몸을 돌렸다.

그 순간, 느닷없이 복면인이 우뚝 멈춰 섰다. 그러고는 힘찬 기세로 검을 좌로 그었다.

쉬아아악.

좌로 향한 일직선의 검로. 흔히들 횡소천군이라 말하는 초식이 나타났다.

"크아악!"

정면의 무사는 허리에서 이는 격렬한 통증에 몸서리를 쳤다. 쇠붙이의 서늘한 기운이 허리를 양단했다.

복면인이 느닷없이 멈춰 서는 바람에 미처 대응하지 못했고, 그 대가는 죽음이었다.

무사는 쓰러졌다.

털퍼덕.

붉은 선혈이 분수인 양 콸콸 흘러나왔다.

복면인은 거침없이 홀로 남은, 좌측에서 달려들던 무사를 향해 신형을 날렸다.

휘이익.

복면인은 뛰어오르며 한 걸음에 무사와의 거리를 없앴다. 그는 무사에게 다다르며 검을 내려쳤다.

무사는 두려움이 그득한 얼굴로 복면인을 올려다보았다. 그는 무의식적으로 얼굴로 검을 들어 올렸다.

따앙!

복면인의 검이 무사의 검신을 때렸다.

"끄윽."

무사는 강맹한 힘에 얼굴을 일그러뜨리며 비틀거렸다. 그는 뒷걸음질을 치며 어쩔 줄을 몰라 했다.

복면인은 가뿐하게 착지하며 무사를 향해 사선으로 검을
내쳤다.

스아아악.

우상단을 향한 비스듬한 검로였다.

무사의 눈에 죽음의 공포가 진하게 드리워졌다. 그는 마
치 얼어붙은 듯 멍하니 서 있었다.

촌음이었다.

우측 옆구리에서 시작하여 좌측 어깨로 지독한 아픔이 이
어졌다.

"으아아악!"

무사의 가슴에 선명한 검상이 아로새겨졌다. 그는 손에서
검을 놓으며 상체를 숙였다.

텅.

무사는 땅에 엎드리듯 쓰러졌다.

복면인은 퇴일보하며 주위를 둘러보았다.

그때였다.

슈아아아아앙.

사나운 파공음이 후위에서 들렸다.

복면인은 움찔하더니, 급히 뒤돌아섰다. 그의 시야에 공
간을 가로질러 오는 도세가 보였다.

"컥!"

복면인은 깜짝 놀라 두 눈을 치켜떴다. 그는 날렵한 신법

으로 우측으로 돌아서며 퇴이보(退二步)했다.

삽시였다.

도세가 조금 전 복면인이 서 있던 곳을 직격했다.

쿠아아앙!

폭음과 함께 경력이 터지며 일부가 복면인을 때렸다.

"으아악!"

복면인은 충격에 떠밀려 날아갔다. 그는 약 일 장 남짓 떨어진 지면으로 튕겼다.

복면인은 땅을 두어 번 굴렀다.

임유성은 쾌속한 경공으로 복면인에게 이르렀다. 그는 열 걸음 남짓 떨어진 곳에 내려섰다.

그사이 사방에서 몹시 시끄러운 다수의 잡음이 들렸다.

삐, 삐익!

당가의 무사들인 듯, 몇몇 고함이 뒤따랐다.

"저쪽이야!"

"가주님의 처소 가까이에서 들렸어!"

"어서 서둘러!"

당가의 무사들이 몰려오는 듯 고함은 차츰 가까워졌다.

"흐으으……."

복면인은 힘겨운 듯 천천히 일어났다. 그의 눈에는 다급한 빛이 그득했다.

"이!"

그는 화가 난다는 듯 임유성을 쳐다보며 검을 쥔 손아귀에 힘을 주었다.

주어진 시간이 그리 길지 않다는 것을 아는 눈치였다. 일검에 승부를 보려고 전력을 다하는 듯 일어나는 기세가 흉험하기 짝이 없었다.

임유성은 파혈도를 비스듬히 밑으로 늘어뜨렸다. 그는 무심한 눈으로 복면인을 응시했다.

복면인은 왼발을 북방에, 오른발은 동북방에 두었다. 그러고는 몸을 낮추며 가슴 앞으로 들어 올린 검을 사선으로 세웠다.

안정적이고 일정한 틀에 박힌 자세.

모종의 무공을 펼치는 기수식 같았다.

임유성 역시 그러는 사이 자세를 취했다.

그는 왼팔을 들어 좌측으로 일직선으로 뻗었다. 오른팔에 든 파혈도는 하늘을 향해 높이 곧추세웠다.

그렇게 임유성과 복면인은 잠시 동안 말없이 서로를 노려보며 대치했다.

"······."

복면인은 마음이 조급한 듯 곁눈으로 우측을 흘겨보았다.

"빨리!"

"도대체 무슨 일이야?"

당가 무사들이 지근거리에 다다른 듯했다.

'더 이상은······ 위험하다.'

복면인은 승부를 보려는 듯 임유성을 향해 치고 나가려

했다.

스으으— 멈칫.

하나 복면인은 일순 움직임을 멈추며 흠칫했다.

사르르르.

임유성에게서 미풍 같은 기운이 일었다. 기운은 눈에 보이지 않는 밧줄인 양 복면인을 옭아맸다.

몇 겹의 줄이 칭칭 몸을 감는 듯한 느낌이었다.

'무, 무슨?'

복면인은 내심 당황하여 움직이려 했다.

"허어억!"

그는 숨넘어가는 목소리를 삼켰다.

무지막지한, 엄청난 압력이 움직이려 하는 그를 짓눌렀다.

복면에 가려 보이지 않는 얼굴에는 대경실색이라는 표정이 지어졌다. 안색이 백지장처럼 창백했다.

복면인은 두 눈을 휘둥그레 뜨며 우두커니 임유성을 바라보았다.

"어떻게?"

그는 임유성이 무슨 수법으로 자신을 움직이지 못하게 했는지 궁금했다.

한편, 당가의 무사들이 마침내 누각 입구로 들어섰다. 그들은 임유성과 복면인을 보고 놀라 멈춰 섰다.

"누구냐?"

"웬 놈들이 감히 여기가 어디라고."

무사들은 심상치 않은 기세를 뿜어내는 두 사람의 모습에 움찔거리고 주춤거렸다. 다들 당혹스러워했다.

"가만히들 있거라."

그 순간, 뒤쪽에서 들려온 장중한 목소리에 무사들은 황급히 돌아섰다. 그들의 눈에 당무곡을 비롯한 당가 수뇌들이 보였다.

"가주님!"

"물러들 서게."

무사들은 양쪽으로 비켜서며 길을 냈다.

당무곡과 수뇌들은 그 길을 지나 앞쪽으로 움직였다.

복면인의 눈에 포기라는 감정이 담겼다.

'우라질!'

그는 적의가 가득한 눈초리로 임유성을 뚫어져라 노려보았다.

'저놈만 아니었으면……'

새삼 울화가 치솟았다.

'네놈만큼은!'

복면인에게 강한 살의가 담기며 시퍼런 살광이 번쩍였다.

그는 임유성에게 신경을 집중했다.

'방심할 수 없는 놈 같은데……'

복면인은 긴장하며 임전 태세를 갖췄다.

임유성은 감정이 없는 사람인 양 무정한 시선으로 복면인을 마주 보았다.

그의 얼굴은 무표정했다.

휘이이잉—

두 사람 사이로 한여름 밤의 후끈한 바람이 불었다. 바람은 임유성의 오른쪽과 복면인의 왼쪽을 지나쳤다.

바람 탓일까.

임유성의 머리카락 몇 올이 날리며 눈을 스쳤다.

찰나, 복면인이 움직였다.

티, 팅.

그는 검을 땅에 대더니, 임유성을 향해 흙을 날렸다.

촤아악.

흙이 임유성의 얼굴로 향하며 흩어졌다.

임유성은 반개하듯 눈매를 가늘게 떴다. 귀로는 파공음이 들려왔다.

쉬이이.

복면인은 임유성이 눈매를 움직이는 순간, 혼신을 다해 경공을 시전했다.

그 속도는 눈부시도록 빨랐다.

눈을 한 번 깜빡이기도 전, 복면인은 임유성의 면전에 다다랐다.

전광석화 같은 급습이었다.

복면인의 검이 활등처럼 휘어진 호선을 그리며 치솟았다.

슈파앗.

검광이 번쩍이며 임유성의 왼쪽 어깨로 향했다.

흔들.

임유성은 오른발에 체중을 실으며 슬쩍 우측으로 몸을 기울였다.

상체가 오른쪽으로 틀어지고, 파혈도가 떨어졌다.

부와악.

사나운 기세가 담긴 파공음이 울렸다.

파혈도는 복면인의 이마로 내리꽂혔다.

그 뜻은 명백했다.

어깨와 얼굴을 교환하자.

복면인은 기겁하며 검병을 돌려 오른 팔뚝에 붙였다. 그러고는 퇴일보하며 검을 얼굴로 들어 올렸다.

임유성의 출수는 복면인의 공격보다 느렸다. 뒤이은 출수라 복면인이 시간적으로 다소 유리했다.

콰아앙!

거센 힘이 작렬했다.

"꺼어어억!"

복면인은 경악하며 두 눈을 동그랗게 떴다.

마구 진동하는 검신에서 검병, 그리고 검을 쥔 손아귀로 짓쳐드는 충격이 예상밖이었다. 손아귀가 금방이라도 찢어질 듯 아팠다.

복면인은 급히 뒷걸음쳤다.

그는 물러남으로써 받은 충격을 해소하려 했다.

그 광경을 당무곡과 수뇌들, 그리고 당가의 무사들이 지켜보았다.

"허—!"

당무곡은 어이가 없다는 듯 놀라 외마디를 내뱉었다.

그는 알 수 있었다.

임유성이 여느 낭인과는 확연히 다르다는 것을.

명색이 당가의 가주다. 그 탓에 당가 내부의 일에, 접빈청에 임유성과 양우진의 일행이 든 것을 알고 있었다.

광왕 전일교를 죽인 임유성을 모를래야 모를 수가 없다.

복면인은 이를 악물며 임유성에게 재차 달려들었다.

"으아아아!"

힘찬 외침이 터져 나왔다.

복면인은 검을 밀착시킨 오른팔을 임유성에게 휘둘렀다. 돌연 검이 옆으로 튕기듯 비껴졌다.

그 모습이 마치 사마귀의 손짓인 양 낫을 연상시켰다.

임유성과 복면인 사이는 너무 가까웠다.

두 뼘 남짓.

복면인의 검이 임유성의 가슴을 깊숙이 베어 갔다.

그 순간, 임유성은 눈에 작은 이채를 띠었다.

반짝.

복면인은 내심 확신에 찼다.

'넌 끝이야!'

복면인의 눈에 검날이 막 임유성의 가슴을 닿으려는 찰나, 그의 두 눈동자에 흡족한 빛이 어렸다.

그리고 한순간…… 임유성이 사라졌다.

팟.

눈 깜짝할 사이였다.

복면인은 아연실색했다.

"헛!"

그는 검이 허공을 베는 바람에 휘청거렸다. 엎어지려는 그의 앞에 임유성이 나타났다.

복면인의 두 눈에는 불신의 빛이 그득 서렸다.

'이형환위!'

그는 임유성이 위치를 바꾼 수법에 대경했다.

슈우우욱.

파혈도가 밑에서 복면인의 턱을 향해 솟구쳤다.

초승달의 경로였다.

복면인은 급히 막으려고 했지만, 휘청거리는 신형 탓에 막기에는 이미 늦은 상황이었다.

번—쩍.

복면인은 눈부신 도광을 보았다. 찰나, 화끈한 느낌이 턱을 지나 미간으로 이어졌다.

스아아아.

모골이 송연해지며 나직한 소리가 들렸다.

복면인은 허물어지듯 땅바닥에 두 무릎을 꿇었다. 얼굴을 가린 복면이 정확히 둘로 잘려 흩날렸다.

팔랑팔랑.

복면인의 얼굴이 드러났다. 쭈글쭈글한 주름이 뒤덮은 노안은 그가 노인임을 알려 주었다.

턱에서 미간으로 이어진 가느다랗고 희미한 불그스름한 선이 또렷했다.

노인은 초점을 잃은 눈으로 자신의 앞에 서 있는 임유성을 올려다보았다.

"쿨럭."

노인의 입에서 붉은 진홍색 선혈이 흘러내렸다.

주룩.

노인은 고통으로 몸을 사시나무처럼 떨며 작은 목소리를 흘렸다.

"끄…… 끄륵. 고, 고통을……."

자신이 느끼는 고통을 덜어 달라는, 죽여 달라는 부탁이었다.

임유성은 움찔했다.

그는 천천히 파혈도를 높이 들었다.

당무곡은 그 광경에 소리치며 임유성을 향해 뛰었다.

당군병과 당군랑, 그리고 당군선이 당무곡을 뒤따랐다.

"멈추게!"

당무곡은 마음이 매우 급한 듯 다급하게 말을 이었다.

"죽여서는 안 되네! 배후를 알아······."

그는 황급히 임유성을 만류했다. 그의 눈에 파혈도가 노인의 목을 치는 것이 보였다.

이어 나직한 소리와 함께 노인의 수급이 튀었다.

스걱.

붉은 선혈이 뿜어지더니, 허공으로 솟구쳤다.

노인은 왼쪽으로 힘없이 쓰러졌다.

스르르— 털썩.

임유성은 파혈도를 늘어뜨리며 도를 두어 번 떨쳤다. 도신에 맺힌 핏방울들이 튕겼다.

당무곡은 성난 얼굴로 임유성의 지근에 다다라 추궁했다.

"이게 뭐 하자는 것인가?"

당무곡은 언성을 높였다.

"내 말 못 들었는가? 살려서 배후를 캐야 한다 말하지 않았는가?"

화난 얼굴이었다.

임유성은 파혈도를 도집에 넣고 당무곡을 쳐다보았다. 그런 뒤 냉정한 목소리로 또박또박 말했다.

"이미 죽어가는 이였습니다. 저에게 고통을 덜어 달라 청했습니다. 그러니 죽여 주는 것이 예의입니다."

"뭐라!"

당무곡은 눈매를 치켜세웠다. 노기등등했다.

명색이 당가의 가주다.

수하 무사들이, 수뇌들이 다 지켜보는 가운데 임유성이
그의 말을 씹어 버렸다. 그리고 노인에게서 정보를 얻을 수
있는 기회를 없애 버렸다.

마땅치 않아도 매우 마땅치 않은 임유성이었다.

"이놈, 내가 누구라고 생각하느냐? 나는 당가의 가주 당
무곡이다. 알겠느냐?"

시건방졌다.

당무곡은 격한 감정 그대로 임유성에게 노성을 질렀다.

뒤늦게 당군병과 당군랑, 그리고 당군선이 두 사람에게
다다랐다. 그들은 당무곡의 주위에 서며 난감한 기색을 띠
었다.

당군랑이 임유성을 힐끗 흘겨보며 당무곡에게 말했다.

"가주, 낭인입니다. 일전에 파고랍산에서……."

신세를 진 적이 있다. 그러니 격한 감정을 가라앉혀라.

당군랑은 당무곡에게 에둘러 말했다.

그제야 당무곡은 흠칫했다.

당군선이 나섰다. 그녀는 임유성을 쏘아보며 의미심장한
목소리로 말했다.

"왜 죽인 것이죠? 몇 마디 말이라도 물어볼 기회조차 없
이……."

당군선은 임유성을 의심하듯 몰아세웠다. 그녀의 두 눈을
경계의 빛을 띠었다.

임유성은 태연한 모습으로 서서 당군선을 바라보았다.

"죽어가는 자가 자신을 벤 자에게 부탁했습니다. 저는 그 부탁을 매정하게 뿌리칠 수 없었습니다. 그뿐입니다."

당무곡은 말도 안 되는 궤변이라고 생각했다.

"닥쳐라! 내가 말했지 않았느냐, 죽이지 말라고! 한데도 네놈은 네 맘대로 저자를 죽였다!"

그는 오른손 검지를 들어 죽은 노인을 가리켰다.

당무곡은 임유성이 자신의 말을 묵살한 것이 노인에게서 정보를 얻지 못한 것보다 더 화가 났다.

권위를 잃은 가주를 위급 시에 무사들이 쉬이 따르겠는가.

위엄과 기강은 추상같아야 한다.

임유성은 당무곡을 쳐다보았다.

"난 내 마음이 이는 대로 행했을 뿐입니다. 나는 가주의 가솔도, 수하도 아닙니다. 어디까지나 의뢰를 받아 행하면 그만인 낭인일 뿐입니다. 내가 가주의 말을 따라야 할 이유가 있습니까? 이 세상에서 그 누구도 나에게 이래라저래라 명령할 수는 없습니다. 아시겠습니까?"

임유성은 당당했다. 당무곡에게 맞서는 언행이었다.

"뭣이!"

당무곡은 와락 얼굴을 일그러뜨렸다. 그는 험악하게 인상을 쓰며 임유성을 죽일 듯 노려보았다.

한낱 낭인에 불과한, 자신에 비해 까마득히 밑에 있는 놈이 대들었다. 자신의 말을 들을 필요나 이유가 없다고 말이다.

분통이 터졌다.

당군병과 당군랑, 그리고 당군선은 어이없다는 눈으로 임유성을 쳐다보았다.

당가의 무사들은 멀찍이 떨어져 있었다.

그들도 눈치가 있는 터라 당무곡이 무척이나 화가 나 있다는 것을 알아챘다. 다들 엉거주춤 서서 어찌할 바를 몰라했다.

당무곡은 치솟아 오른 노기로 인해 가늘게 몸을 떨었다. 그 모습이 당장에라도 출수할 듯했다.

당군선은 흠칫하더니, 재빨리 당무곡과 임유성 사이에 끼어들었다.

"가주, 일단 날이 밝은 뒤에 전후를 따져 보세요. 지금은 안팎의 경계를 강화하고 죽은 자가 어떻게 본 가 내부로 숨어들었는지 파악하는 것이 우선이라고 생각해요. 냉정을 잃지 마세요."

당군선은 육촌 오빠인 당무곡을 염려했다. 행여 홧김에 임유성에게 출수할까 저어한 것이다.

보는 눈이 너무 많았고, 광왕 전일교를 죽인 임유성임을 아는 터라 사태가 원만하게 수습되길 바란 것이다.

당무곡은 심호흡하며 감정을 다스렸다.

당군선의 말대로 지금은 냉정해야 할 때였다.

그는 임유성을 향해 뼈있는 말을 내뱉었다.

"어디 한 번 두고 보자. 놈!"

당무곡의 눈동자가 번뜩였다.

임유성은 무표정했다.

그는 자신과 상관없다는 듯 별다른 감정을 드러내지 않았다.

"......"

임유성은 말없이 뒤돌아 걸어갔다.

당군선과 당군병, 그리고 당군랑은 걸어가는 임유성을 지그시 바라보았다.

"간이 배 밖에 나온 놈이야."

"후후, 역시나 낭인이라고 해야 하지 않겠습니까? 무곡 형님에게 얼굴빛 하나 변하지 않고 당당하게 말하는 놈은 처음 보았습니다."

"예사 낭인은 아니에요, 두 분 오라버니."

세 남녀는 바닥에 깔릴 것 같은 낮은 목소리로 말을 두어 번 주고받았다.

당무곡은 임유성을 주시하며 싸늘한 눈빛을 번뜩였다. 마득찮다는 기색이었다.

임유성을 바라보는 시선은 그들만이 아니었다.

창가.

전옥인은 살벌한 눈빛을 번득였다.

조부를 죽인 원수가 서서히 시야에서 멀어졌다.

그의 얼굴에 냉랭한 한기가 감돌았다.

짙은 살의로 인한 한기가......

4장

다음 날 이른 아침.

당무육과 당설아는 당가 의사청으로 불려갔다. 두 남녀는 당가의 실세들에게 호된 꾸지람을 들었다.

"너희들이 정신이 있는 아이들이냐, 없는 아이들이냐?"

"게다가 가내에서 무슨 일이 일어날 줄도 모르고 낭인들과 술판을 벌여?"

"도대체 생각이 있는 거니, 없는 거니?"

당군병과 당군랑, 그리고 당군선은 두 남녀를 몰아붙였다.

당무곡은 그들이 당무육과 당설아를 질타하자 침묵했다. 그까지 끼어들어 꾸지람을 하기에는 가주라는 자리가 무거운 탓이다.

당무욱과 당설아는 난감했다.

접빈청의 방에 앉아 대화를 나누며 술을 마셨다. 당연 시끄러웠다. 그 탓에 비명성을 듣지 못했다.

적잖게 억울했다.

자신들이 무슨 죽을죄를 진 것처럼 수뇌들은 윽박질렀다. 그래도 명색이 당가의 후기지수다.

접빈청에 낭인들을 묵게끔 편의를 봐줄 수도 있는 일이다. 다른 사람도 아니고 생명의 은인이지 않은가. 그 정도 권한도 없다면 당가의 후기지수들이라고 말할 수 없다.

다음 대 당가를 이끌어 나가야 할 처지에 아무리 수뇌들이고 가문의 어른들이라고는 하지만 할 말은 해야 할 필요가 있었다.

버릇없다고 되레 꾸지람을 들을 수도 있지만 자신의 생각을 명확히 밝히지 못한다면, 그 정도 줏대도 없다면 다음 대 당가를 이끌어 나갈 수 없다.

당설아는 발끈했다. 그녀는 부친 당무곡을 향해 외쳤다.

"아버지, 파고랍산에서 죽다 살아났어요! 같이 고생한 처지라 낭인들을 접빈청에서 잠시 쉬게 했어요! 그리고 그들이 떠나기 전에 자리를 함께한 것뿐이에요! 그들 중에 무공이 고강한 고수가 있어, 행여 훗날 어떤 인연이 될지 알 수 없어 작은 호의를 보여 주었어요! 그것이 무슨 죽을죄라고 이렇게 숙부님들과 이모님이 절 괴롭히시는 거예요!"

당무욱은 다급한 목소리로 당설아를 말렸다.

"설아야, 그쯤 해 둬라."

"가만있어 봐요, 무육 오라버니. 가내에 침입자가 있었다는 걸 모를 수밖에 없잖아요. 방에서 술을 마시고 있는데 밖에서 나는 소리가 들리겠어요? 그리고 침입자가 있었다면 응당 그 사실을 알리는 신호가 있어야 하잖아요. 자고로 전쟁에서 패한 자는 용서해도 경계를 게을리한 자는 용서하지 않는 것이 병가의 상식이잖아요. 저희들을 이리 불러 야단치시기 전에 경계를 맡은 자를 먼저 불러 징치하시는 것이 순서잖아요!"

"서, 설아야."

당무육은 기겁했다.

아무리 아버지가 가주라고는 하지만 너무 막 나가는 것 같았다.

당설아는 당무육을 쳐다보았다.

"제 말 막지 마세요. 제가 어디 틀린 말을 해요. 침입자가 있었다는 걸 경계하는 무사들도 몰랐잖아요. 그러니 침입자가 있음을 알리는 신호가 없었죠."

당군병과 당군랑은 얼굴 가득 곤혹스러운 표정을 지었다.

신호가 없는 것이 당연했다. 침입자는 밖에서 잠입하지 않았다. 이미 오래전에 당가에 숨어들어 내부에서 암약하다가 어젯밤 전옥인을 죽이려고 누각으로 스며들었다.

당군선은 눈살을 찌푸리며 당설아에게 입을 열었다.

"설아야, 여기가 어떤 자리라고 함부로 말하는 것이냐?"

낮으나 힘이 실린 목소리였다.

당군선은 당설아를 누르려고 했다.

당설아는 당군선을 향해 시선을 돌렸다.

순순히 '예'라고 말할 그녀가 아니었다. 당가의 직계로서 웬만한 사내와 맞설 만큼 성정이 괄괄했다. 그녀의 몸에는 가주 당무곡의 피가 진하게 흐른다. 어쩌면 그 핏속에 당무곡의 성정이 배여 있을지도 모를 일이었다.

"이모, 제가 뭘 잘못했다고 자꾸 그러세요. 그리고 이 자리가 어떤 자리인데요? 아무 죄도 없는 조카를 윽박지르는 자리잖아요!"

"너어!"

당군선의 아미가 추켜올라 갔다. 슬며시 화가 났다.

조카가 이모에게 대들다니.

당무곡은 말없이 오른팔을 들어 올렸다.

그런 뒤 주먹을 힘껏 말아 쥐어 탁자를 내려쳤다.

쾅—!

좌중에 있는 이들의 시선이 당무곡에게 모였다.

당무육은 당무곡의 눈치가 보이는지 몸을 움츠렸다. 하늘 같은 가주인데다가 백부뻘이다.

당무곡은 딸 당설아를 향해 소리쳤다.

"입 다물고 가만히 못 있겠느냐?"

다들 당무곡의 기세에 움찔했다. 하지만 당설아에게는 통하지 않았다. 딸이라는 특권 아닌 특권은 부친 당무곡의 기세에도 꿈쩍하지 않았다.

당설아는 부친 당무곡을 쳐다보았다. 그녀는 부친에게 뒤지지 않는 목소리로 마주 소리쳤다.

"아버지, 제가 뭘 어쨌다고 그러세요! 그리고 그만 좀 고함치세요! 그런다고 제가 겁먹을 것 같아요!"

일견 버릇장머리없는 모습이라고 할 수 있겠으나, 다 큰 자식이고 보니, 게다가 강호 여인인 터라 쉽게 수긍하고 받아들이지 않았다.

당가 여인들의 성정이 독하다는 것을 강호인들 중 모르는 자는 극히 드물었다.

"뭐라고!"

"왜요! 다 큰 딸 두들겨 패기라도 하시려고요! 네에!"

당설아는 대드는 듯 얼굴과 상체를 내밀었다.

쑤욱.

당군병은 기가 막혔다. 그는 당무곡과 당설아를 번갈아 보며 마음속으로 중얼거렸다.

'완전 판박이구만. 형님 어릴 때와 똑같아. 복장깨나 터지시겠는데.'

이제 장성해 시집을 가도 될 나이의 당설아다. 그런 아이에게 손찌검을 할 수는 없는 노릇.

당군랑은 눈살을 찌푸리며 못마땅한 눈으로 당설아를 보았다.

'저 성질머리하고는…… 완전히 닮았어. 쯧쯧.'

씨 도둑질을 못한다는 말이 생각나는 당설아의 언행에 그
는 내심 혀를 찼다.

당군선은 사나운 눈으로 당설아를 노려보았다.

'조것이 감히 어디서……'

한번 날을 잡아야 할 것 같다.

당무욱은 불안했다.

백부뻘인 가주 당무곡이 어떻게 나올지 몰라 좌불안석이
었다.

당무곡은 호통쳤다.

"네까짓 게 감히! 지금이 어떤 자리라고 언성을 높이는
게냐? 숙부들과 이모가 지켜보는데 아비에게 고개를 빳빳이
들고 고함을 쳐?! 이 아비가 널 그렇게 가르쳤더냐?"

"네!!"

"무, 뭐!"

당무곡은 머리끝까지 화가 치솟았다. 그는 두 손을 들어
탁자를 내려쳤다.

타앙!

당무곡은 앉은 자리에 벌떡 일어났다.

그 모습이 노기등등했다. 필시 당설아를 가만 놔두지 않
을 것이다.

좌중의 기세가 돌변했다. 흉흉한 기운이 만연해졌다.

당군병과 당군랑은 당무곡의 모습에 화들짝 놀라 급히 입
을 열었다.

"형님, 고정하십시오."

"설아가 아직 어리잖습니까?"

당무곡은 당군병과 당군랑의 만류에 겨우 노기를 눌렀다.

"오냐오냐했더니, 하늘 무서운 줄 모르고 날뛰다니."

당설아는 고개를 옆으로 돌렸다.

홱.

단단히 삐친 모습이었다.

'아버지가 단단히 화가 나신 것 같은데, 지금은 더 맞서지 않는 것이 좋겠지. 슬며시 한발 물러나는 것이 상책인데.'

당설아는 마음속으로 중얼거렸다.

그러고는 고개를 돌려 부친 당무곡에게 맞설 뜻이 없음을 내비쳤다.

당설아는 그간의 경험을 통해 자신도 모르는 사이 부친 당무곡을 상대하는 요령을 터득했다.

당군선은 당설아에게 으름장을 놓듯 언성을 높였다.

"숙부들과 내가 있는데 아버지에게 대들다니. 너, 나중에 나 좀 보자꾸나."

당설아는 입술을 샐쭉 내밀었다.

"치!"

당가 내원의 수장인 조모의 최측근이 바로 이모인 당군선이다.

꽤 성가시고 거친 타이름이 있을 것이 뻔했다. 아마 조목

조목 따지며 물고 늘어질 것이다. 여자들 특유의 잔소리와 동서고금을 막론한 각종 경구에 머리가 아플 것은 불변일 터.

물론 자신은 한쪽 귀로 듣고 다른 귀로 흘려 버릴 테지만 말이다.

당무곡은 당군병과 당군랑의 만류에 다시금 자리에 앉았다. 하지만 그는 여전히 화를 풀지 않은 채 성난 눈으로 딸 당설아를 바라보았다.

당무육은 눈치를 보기 바빴다. 좌중에 자리한 이들 모두가 그에겐 집안 어른들이다.

백부와 두 숙부, 그리고 고모.

편한 상대들이 아니다. 특히 그를 잡아먹을 듯 노려보는 당군랑은 다른 사람들보다 더했다.

그는 당무육이 속해 있는 당가삼수의 수장으로, 사실상 사부나 마찬가지다. 게다가 형뻘이 되는 당무걸에게 당군랑이 뭐라 한마디라도 하는 날에는 죽음(?)을 면치 못하리라.

무시무시한 당무걸의 성격상 아마 모르긴 몰라도 반쯤 죽을 게 분명했다.

'돌겠네. 내가 왜 이 자리에 불려 나와서는……'

죽을 맛이다. 운이 없어도 너무 없다.

당무곡은 잠시 당설아를 노려보다가 당군선에게 고개를 돌렸다. 그는 그렇게 함으로써 딸 당설아는 싹 무시해 버렸다.

다 큰 딸을 마음대로 할 수 없는 아버지의 속내가 엿보이는 모습이었다.

"군선아."

"네."

"그자가 누구인지 파악하였느냐?"

"예. 가내에서 허드렛일을 하던 노인이었어요. 십 년 전쯤에 가내로 들어왔는데, 나이 든 노인인데다 어디 갈 데도 없어 허드렛일을 맡긴 것 같아요."

"허어. 어찌 그런 자가 가내에 들어와 있었단 말이냐?"

"죄송합니다, 가주. 나이가 들 대로 든 노인이고, 어디 갈 곳이 없었다고 합니다. 불쌍한 마음에 거두어 주었는데, 다들 나이 든 노인이라는 점 때문에 안일했던 것 같습니다."

그랬다.

노인은 십 년 전쯤 우연을 가장해 당가에 접근했다. 당가 사람들은 노인을 측은히 여겨 거두어주었다.

하지만 누가 상상이나 했겠는가.

나이 지긋한 노인이 간자라고 말이다. 그렇게 어영부영하다 보니, 노인은 당가의 허드렛일을 하며 눌러앉았다.

본래 간자의 특성 중 하나가 자연스럽게 사람들 사이로 스며드는 것이다. 그 점을 감안해 볼 때, 노인은 실로 대단한 간자라고 할 수 있었다.

사람들의 심리와 상식의 허점은 교묘하게 파고들었기 때문이다.

당무곡은 잔뜩 화가 난 표정을 지었다. 그는 몹시 못마땅한 표정을 지으며 언성을 높였다.

"안일해도 너무 안일하지 않느냐! 나이 든 노인이 간자일 수도 있다는 것을 생각조차 하지 않다니! 지난 십여 년 동안 가내에 외인을 둬? 다들 정신이 있는 것이냐, 없는 것이냐?"

가라앉혔던 화기가 다시금 치솟았다. 생각만 해도 모골이 송연하다. 밖으로 어떤 정보가 얼마나 유출되었는지 상상이 가지 않았다.

당무곡은 당가에 있는, 밑바닥에서 허드렛일을 하는 사람들에 관해 모른다.

가주가 어디 그런 사람을 상대하는 이던가.

결국 밑에 있는 이들이 챙겨야 한다. 하지만 편한 것을 추구하는 것이 사람의 속성이라, 관심을 덜 주기 시작하면 한도 끝도 없다.

게다가 상식의 틈새를 비집고 들어오는 간자에 대한 경계심은 늘 느슨한 법.

노인은 실로 철두철미하게 간자로서의 모범을 보였다 할 것이다. 당가 사람들을 무려 십 년 동안 감쪽같이 속였으니까 말이다.

당군선은 당무곡의 화가 진정되기를 잠시 기다렸다.

시간이 얼마나 지났을까.

한참을 질책하던 당무곡이 입을 다물자, 당군선은 천천히 말했다.

"오라버니, 가내를 다시금 살펴봐야 해요. 혹여 다른 간
자들이 있을지도 모르니까요."

당군병이 당군선의 말을 거들고 나섰다.

"맞습니다, 형님."

당군랑은 당무곡을 쳐다보며 염려스러운 목소리로 말했
다.

"형님, 그것도 그것이지만, 전옥인의 거처 경계를 잠시도
소홀히 할 수 없습니다. 만에 하나 경계를 서는 무사들 중
에 간세가 있다면……."

당군랑은 말을 흐렸다.

이제 더 이상 무사들 중에도 간세가 없다고 확신할 수 없
는 상황이었다. 복면을 한 노인이 누각에 숨어든 것은 전옥
인을 죽이려는 것이 틀림없다.

그가 십 년 동안 정체를 숨기고 당가 내부에 있었다면,
무사들 중에도 간자가 있을 가능성을 염두에 둬야 한다.

당무곡은 침음을 흘렸다.

"으음……."

그는 고개를 숙이며 골똘히 생각했다.

자중지란이라 말해도 무방한 당가의 상황이었다. 천존부
가 무엇을 노리고 노인을 버리는 사석으로 썼는지 잘 알 수
있었다.

전옥인에 대한 의심 자체를 지우고 그의 중요성을 부각시

키며 당가에 혼란을 준다.

한 가지 수로 셋이라는 이득을 취하는 고단수였다.

당무곡을 비롯한 당군선, 당군랑, 당군병은 천존부의 수에 휘말려들어 심중 당혹스러웠다.

당무곡은 마음속으로 거칠게 중얼거렸다.

'빌어먹을!'

노인이 지난 십 년 동안 두 손 놓고 놀고만 있었을까?

당무곡은 스스로 물음을 던지며 눈살을 찌푸렸다.

'뇌물, 여인, 약점, 협박 등. 사람을 회유하고 포섭할 수 있는 방도는 수두룩하다. 우리 당가의 사람들 중 몇몇이 노인에게 넘어가 천존부의 간자가 되었을지도 모른다. 마냥 안심하고 있을 수만은 없다. 게다가 전옥인은 현재 우리에게는 매우 중요한 자. 그의 존재는 예의 장보도와 관련이 있다. 장보도에 적혀 있는 것을 해독할 수 있는 유일한······ 흐음, 일단은 전옥인의 안전이 현 시점에서는 가장 중요하다.'

당무곡은 천천히 고개를 들어 당군선을 바라보았다.

"군선아."

"예, 가주 오라버니."

"네 생각을 듣고 싶구나. 너는 당가제일의 지낭이니 현 상황에서 우리가 취할 수 있는 방법이 무엇인지 말해 보거라."

"네, 오라버니. 현재 가장 신경을 써야 할 것은 전옥인, 그

자예요. 가의 무사들을 신뢰할 수 없는 상황이라 천생 무사들을 외곽으로 돌리고 누군가가 그자의 신변을 지켜야……"

당설아는 부친 당무곡에게 고개를 돌리며 재빨리 말했다.

"접빈청에 있는 낭인들을 그자에게 붙이세요. 그들의 무위라면 충분히 전옥인의 호위를 감당할 수 있어요. 그것은 무육 오라버니도 인정하실 거예요."

당무곡은 흠칫하며 당설아를 바라보았다.

뜻밖의 제안이었다.

덩달아 당무육은 움찔했다.

그는 당설아의 말에 내심 화들짝 놀랐다.

'저 애가……'

당무육은 당설아가 염려스러웠다. 돌아가는 눈치가 임유성이란 낭인에게 관심이 있는 것 같은데, 정작 당사자는 당설아에게 별 관심이 없는 듯했다.

무뚝뚝하다는 말이 딱 들어맞았다.

부드럽지도, 상냥하지도, 정답지도 않다. 천생 무인이라 할 성정으로 보였다. 그런데 누이동생뻘인 당설아가 그에게 가까이 다가가려고 한다.

'나중에 상처나 안 받았으면 좋겠는데.'

당무육은 걱정스러웠다.

남녀 사이에 있어 일방적인 관심은 종종 관심을 주는 자에게 마음의 상처를 남기는 법이다.

당무육은 앉아 있는 당무곡을 힐끔 쳐다보았다. 절대 낭

인을 사위로 인정하고 받아들일 사람이 아니다. 결국 당설
아만 이래저래 힘들어질 것이다.

당무육은 마음속으로 한숨을 쉬었다.

'휴…….'

그사이 당무곡은 당군선과 당군병, 그리고 당군랑과 의견
을 나눴다.

그들은 당설아의 제안을 두고 이모저모 득실을 따져 보았
다. 약 일각 정도 이어진 논의 끝에 결정을 보았다.

당가의 무사들을 물려 외곽 경계를 맡게 하고, 그의 호위
를 당설아의 말대로 낭인에게 맡기기로.

"낭인시장에 연락해 현재 본 가에 머무는 낭인들을 고용
하고 싶다는 소식을 알리고 조치를 취하도록 해라."

"예, 가주."

"알겠습니다."

당군선과 당군병, 그리고 당군랑은 고개를 숙이며 당무곡
에게 대답했다.

하나 당무곡은 언짢은 기색을 감추지 않고 드러냈다. 내
키지 않았으나 달리 도리가 없었다.

중요한 것은 전옥인과 장보도이니.

임유성과 양우진 일행은 당가에 발이 묶였다.

전옥인의 피격 미수 사건으로 당가 내의 외부 출입이 전면 봉쇄되었다. 항의를 해 보았으나 잠시 기다려 달라는 말뿐, 가타부타 말이 없었다.

돌아가는 눈치가 간자를 죽인 임유성을 얼마간 붙잡아 두려는 것 같았다. 상황 파악이 될 때까지 계속 접빈청에 있어 달라고 했다.

한데 며칠 후, 뜬금없이 낭인시장에서 연락이 왔다.

당가의 새로운 의뢰—전옥인 호위—를 맡으라는.

대신 이전 의뢰비보다 곱절의 돈을 주겠다 했다.

양우진과 방일수, 그리고 보미랑은 어이가 없었다.

"도대체 우리더러 뭘 어쩌라는 거야?"

"이미 잔금을 다 받았는데, 무슨 의뢰를 또?"

"조장, 당가 놈들이 낭인시장을 구워삶은 것 같아요."

양우진은 신경질이 진하게 묻어나는 표정을 지었다.

"제기랄."

그는 낭인시장에서 온 소식이 마음에 들지 않았다.

전옥인과는 전날에 악연을 맺었다.

하여 그를 사천으로 빼내려고 하는 당가의 사람들을 돕는, 전옥인이 대상임을 몰랐던 의뢰 수행 당시 기겁할 듯 놀랐다.

자신이 책임져야 하는 대상이 전옥인일 줄이야.

방일수는 양우진이 구겨 버리는 서신을 보고 눈매를 반짝였다.

"조장, 의뢰비가 곱절인데?"

그는 돈이 욕심이 나는 눈치였다.

보미랑은 방일수를 힐끔 흘겨보며 양우진에게 말했다.

"조장, 별수 없을 것 같아요. 낭인시장이 이렇게 나오는 이상 따를 수밖에 없잖아요. 의뢰를 한 곳이 지금 우리가 있는 사천당가예요. 낭인시장으로서는 우호 세력이자 가장 큰 의뢰자이니, 틀림없이 당가의 편을 들 거예요. 우리가 의뢰를 거절하면……."

보미랑은 말을 흐리며 불안한 기색을 띠었다.

낭인으로서 밥은 다 먹었다고 봐야 한다. 낭인시장에서 쫓겨나는 것은 둘째 치고, 향후 낭인으로서 살아갈 수 있을 지조차 알 수 없다.

거부권을 행사하려면 납득할 수 있는 이유를 대야 한다. 또한 배상금을 내야 한다. 한 번의 거부권이 낭인들에게 있지만, 임유성은 이미 전날 수련할 때 이미 썼다. 납득할 수 없는 의뢰 거부는 곧 낭인시장을 인정하지 않겠다는 말과 일맥상통한다. 이래저래 피곤해진다.

하여 양우진은 소태 씹은 표정을 지었다.

"니미, 빌어 처먹을. 낭인시장에 밉보였다간 낭인으로서 는 끝장인데."

별수 없다. 그런데 한 가지가 마음에 걸렸다.

전옥인.

임유성이 암습으로 죽인 광왕 전일교의 손자.

조부를 죽인 자가 손자를 보호한다.

매우 역설적이며 이율배반적이다.

'육시할, 나도 기분이 더러운데, 유성이 녀석이 이 사실을 안다면.'

자신이 느끼는 것보다 더 기분이 더러울 것이다.

'유성이 녀석에게는 감춰야겠군. 알아봐야 좋을 것 하나도 없으니까. 뭐, 기분만 왕창 더러워질 테지.'

양우진은 나름 임유성을 생각했다.

얼마 후, 임유성은 양우진을 통해 낭인시장의 연락을 전해 들었다.

그는 대수롭지 않게 여겼다.

"뭐, 상관없습니다. 잠시 머물러 있죠. 추명이 녀석도 더 볼 수 있으니, 괜찮습니다."

임유성은 선선히 낭인시장의 결정을 받아들였다.

양우진은 고개를 가볍게 끄덕였다.

"알았다. 그럼 의뢰를 받아들이겠다고 연락을 보내겠다. 그리고 꼬맹이에게 너무 마음을 주지 마라."

"무슨 말씀이십니까?"

"네 녀석 하는 걸 보니 추명이 녀석에게 마음을 주는 것 같아 하는 말이다. 명심해 둬라. 꼬맹이 녀석은 당가타 사람이다. 즉, 당가인이란 말이다. 난 네가 나중에 울적해하는 꼴은 보고 싶지 않다."

양우진은 임유성 자신도 미처 알아채지 못한 것을 언급했다.

임유성은 혈혈단신이라 유난히 외로움을 많이 탔다. 그런 그에게 당추명은 마음속으로 살며시 녹아들 듯 스며들었다. 자연스레 정이란 감정이 생길 수밖에 없다.

양우진은 행여 임유성이 당추명에게 빠질까 봐 걱정했다.

정이란 감정은 임유성과 같은 부류의 사람에게는 치명적이다.

냉철하고 비정하며 자신의 길만 바라보며 걸어가는 자에게 정이란, 은연중에 약하게 만들어 버리는 사치스런 감정이다.

"넌 낭인이다. 당가라는 작은 못에서는 살 수 없는, 바다에서만 살 수 있는 물고기와 같다. 마음에 새겨라. 그 애는 당가라는 못에서 사는 민물고기라는 것을 말이다."

임유성은 움찔했다.

양우진의 말을 듣고 보니 자신이 유난히 당추명을 챙기고 있다는 것을 깨달았다.

"후, 형님 말에 틀린 것은 없습니다. 추명이 그 아이와 저는 서로 가는 길이 다르지요. 알겠습니다. 더는 정을 붙이지 않도록 하겠습니다. 그것이 서로에게 더 좋겠죠."

임유성은 당추명과 정을 떼야겠다고 마음먹었다. 한데 꺼려졌다. 내키지 않는다는 감정이 일었다.

'이런!'

임유성은 자신의 감정이 당혹스러웠다. 하지만 한 번 마음먹은 이상 감정을 눌러야 한다.

지난날 조공산은 자신에게 마음을 주었던 강아지를 죽이라 말하며 가르침을 주었다.

"네 자신의 감정을 죽여라. 낭인은 자신의 감정에 휘둘리지 않아야 살아남을 수 있는 가능성이 높아진다. 분하다고 감정에 따라 분별없이 행동하면 죽는다! 언제나 냉정을 유지하며 냉철하게 상황을 판단해야 한다."

그때 이후 자신의 감정을 누르고 죽이는 데 나름 이골이 났다.

임유성은 마음속으로 나직이 중얼거렸다.

'정이란 감정 역시 죽여야 한다면…… 그렇게 할 수밖에.'

착잡했다.

낭인으로 산다는 것이 상당히 힘들었다. 강호인들은 낭인들을 낮추어 보고 비하하며 얕잡아 보았다. 그런 낭인의 입장에서는 낭인이란 매우 고된 삶이었다. 언제 어디서 어떻게든 죽을 수 있는, 죽을 각오가 되어 있어야 하기 때문이다. 또한 때로는 자신을 죽여야 했다.

초경(初更)이 되자, 당추명이 접빈청으로 쪼르르 달려와 임유성을 찾았다.

하지만 임유성은 냉랭한 얼굴로 당추명에게 말했다.

"이제 그만 찾아와라."

당추명은 어리둥절했다.

"왜 그러세요?"

"잘 들어라, 추명아. 난 낭인이다. 그리고 넌 당가 사람이고. 우린 서로 가는 길이, 살아가는 삶과 환경이 다르다. 이 이상 우리가 가까워지는 것은 둘 다에게 좋을 것이 없다."

"혀…… 엉."

당추명은 금방이라도 울음을 터뜨릴 듯 울먹였다.

그러나 임유성은 당추명을 차갑게 대했다.

"안— 돼! 더는 내게 다가오지 마라. 너로 인해 내가 흔들릴까 솔직히 두렵다. 누군가에게 정을 준다는 것이 나에게는 아직 허락되지 않았다. 난! 언제 어디서 죽을지 모르는 낭인이다! 그리고 내겐 반드시 해야 할 일이 있다. 너로 인해 내가 흐트러질 수는 없다."

단호한 내침이었다.

당추명은 이해할 수 없다는 표정을 지으며 임유성에게 매달렸다.

"형, 이러지 마요. 네에?"

임유성은 매정하게 뒤돌아섰다.

"가라. 두 번 다시 나를 찾아오지 마라."

"혀…… 어엉."

당추명은 임유성에게 그러지 말라고 몇 번이나 애원했다.

하나 아무 소용이 없었다.

돌아선 임유성은 요지부동이었다.

결국 당추명은 울면서 돌아갔다.

"우와아아앙…… 엉엉."

임유성은 귀에 들리는 울음소리에 어금니를 힘주어 악물었다.

부득.

당추명이 힘없이 걸어가는 발소리와 흐느껴 우는 소리가 귓전에 맴돌았다.

가슴이 쓰리고 아렸다.

임유성은 두 눈을 부릅뜨며 흔들리는 자신을 붙잡았다.

'부(不)!'

두 눈동자에서 의지라는 이름의 형형한 빛이 번뜩였다.

'추명아, 지금은 안 된다. 후일 내가 하고자 하는 일을 다 끝냈을 때 다시 보자꾸나.'

참고 참았다. 견디고 또 견뎠다. 마음에서 무서운 기세로 이는 감정을 의지로 누르고 눌렀다.

낭인 임유성.

그는 조금씩 성장하고 있었다.

위를 향해 올라가며 섬뜩하게 날을 세워 갔다.

무독불장부요, 무정독심(無情毒心)이라……

❖　　　❖　　　❖

우람한 위용을 자랑하며 좌우로 우뚝 선 두 마리 돌사자.

고개를 옆으로 튼 모습이 서로를 바라보는 듯했다.

두 마리의 돌사자 사이에는 처마의 양끝이 하늘을 향해

치솟은 고풍스런 이층 전각이 자리했다.

청양궁(靑羊宮).

전각의 편액에 전자체로 쓰인 또렷한 세 글자는 노자를

기리는 도교 사원임을 무언으로 말했다.

저벅저벅.

장한이 청양궁의 정문을 지나 안으로 걸어 들어갔다.

내부에는 여남은 개의 굵은 기둥이 일정한 거리마다 줄지

어 있었다. 맞은편에는 큼직한 청동 향로가 있었는데, 짙은

향이 피어오르며 이리저리 흩날렸다.

장한은 향로에 이르러 잠시 멈춰 섰다. 그런 뒤 그는 목

례를 하고는 우측으로 돌아서며 걸음을 떼었다.

약 삼, 사 장 떨어진 곳에 오층탑이 있었다.

장한은 전각을 나와 탑을 향해 똑바로 걸어갔다.

얼마 지나지 않아 한 도사가 오층탑으로 걸어가 천천히 오르기 시작했다.

도사가 탑의 오층에 올랐을 때, 시야에 등을 돌리고 서 있는 예의 장한이 보였다.

장한은 뒷짐을 지고 물끄러미 주위를 내려다보았다.

도사는 장한의 좌측으로 걸어갔다.

터벅터벅.

장한 모후곤은 도사의 기척에 정면을 보며 입을 열었다.

"청양궁보다 무후사가 참배객이 더 많은 것 같소."

"원시천존. 무후의 위명이 여전히 사천에 남아 있기 때문이겠지요."

"후후, 그렇소이까? 부에서 연락이 왔소이다, 구(龜)."

도사는 흠칫하더니 안색을 흐렸다.

"짐작이 가는 바요. 연락이 없었다면 아(鴉)가 날 찾아올 리가 없었을 테니 말이오."

"크큭, 이제 도사 행색이 몸에 착 배인 듯하오."

도사는 싱긋 웃었다.

"하하, 그렇소이까? 그렇다면 무려 삼 년 동안 공을 들인 보람이 있소이다. 흐흐흐……."

도사, 속명 도총섭은 음험한 눈빛을 띠었다.

모후곤은 낭랑한 목소리로 말했다.

"고육지계의 두 번째를 실행하라는 명이오."

"흠, 예상보다 진행이 빠른 듯하오만."

"찰람원에서 애가 타는 모양이오. 대상자가 당가에 오래 머물러 좋은 것은 없다는 판단을 내린 것 같소."

"알겠소. 하면 곧 실행을 하도록 하겠소."

"좋소. 그런데 요즘 늙은 닭은 어떻소? 자주 오오?"

모후곤은 궁금하다는 기색을 띠었다.

도총섭은 히죽이며 대꾸했다.

"근자에는 다소 뜸하오. 하나 머잖아 올 것이오. 매년 이 맘때에 청양궁에 와 향을 피우고 점을 보는 것으로 소일하니 말이오."

"수행 인원은 어떻소?"

"단출하오. 간편하고 홀가분하게 움직이는 것을 선호하여 다섯여 무사밖에 대동하지 않소. 사천이야 그들의 것이나 마찬가지이니. 더욱이 성도라면 더더욱 그러하고."

모후곤은 고개를 가볍게 끄덕였다.

"하긴, 성도에 있는 거의 모든 것이 그들과 연관이 있으니."

도총섭은 곁눈으로 모후곤을 흘깃거렸다.

"동원할 인원은 모두 몇 명이오?"

"나와 그대, 그리고 다른 한 분이시오."

"한 분?"

도총섭은 궁금하다는 기색을 띠며 눈매를 반짝였다.

모후곤은 조심스레 말했다.

"환왕(幻王)께서 이미 사천으로 들어오셨소."

도총섭은 두 눈동자를 휘둥그레 떴다.

"그, 그분이!"

도총섭은 놀랐다.

그의 머리에 천존육왕의 일인 환왕(幻王) 두곡상이 떠올랐다. 환법에 있어 천하에서 둘째가라며 서러운 자로, 홀로 저 배교나 모산파와 같은 문파와 어깨를 나란히 하는 법술의 대가.

"그분이 이번 일에 나서셨단 말이오?"

격동이 고스란히 배인 물음이었다.

모후곤은 담담하게 대꾸했다.

"그렇소. 사천에 있는 우리를 다 합쳐 봐야 겨우 서너 명에 불과하지 않소. 그리고 늙은 닭을 잡아 죽이는 것이 아니라 당가의 이목을 끌어야 하는 일이고 보니, 그분께서 부주의 명으로 나서셨다고 하오."

"결국 우리 두 사람의 목은 이미 떨어졌다고 봐야겠구려."

"크크큭, 어차피 우리들 간자가 다 그렇지 않소. 계책을 위해서는 언제든지 내던지는 사석. 아니 그렇소, 구?"

도총섭은 나직이 숨을 내쉬었다.

"후……."

그는 탑 밖의 허공을 가만히 바라보았다.

"우리가 죽어도 남은 가족은 부에서 책임을 져 주겠지요. 아."

"응당 그럴 것이오. 그것이 처음 조건이었으니."

"그럼 죽을 수밖에. 가족들이 배불러 먹고 따듯하게 지낼 수만 있다면."

모후곤은 돌아서며 좌측에 서 있는 도총섭을 흘낏거렸다.

"준비해 두시오."

그는 걸음을 떼며 걷기 시작했다.

도총섭은 모후곤을 향해 긴장감이 묻어나는 목소리로 말했다.

"청양궁의 도사들은 모두 죽여야 하오?"

모후곤은 걸음을 멈추며 도총섭에게 단호하게 말했다.

"식수원에 독을 푸시오. 깨끗하고 깔끔하게 모두 보내 주는 것이 그들에 대한 예의이니."

도총섭의 눈썹이 가늘게 떨렸다.

파르르.

그는 고통스러운 기색을 띠었다. 그러고는 곧 체념한 듯한 표정을 지으며 가슴으로 두 손을 들었다.

도총섭은 합장하며 나지막하게 도호를 읊었다.

"원시천존……."

잠시 발걸음을 멈춘 모후곤은 정면을 뚫어져라 바라보며 다시 걸어갔다.

저벅저벅.

도총섭은 그런 모후곤의 등을 향해 착잡한 눈빛을 띠었다.

5장

　나이 희수(喜壽)에 이른 노부인이 앉아 있었다.

　새하얀 머릿결이 소복한 것이 마주 대하면 절로 조심스러
워질 것 같다. 얼굴을 덮은 잔주름과 몇몇 이가 빠진 치아,
그리고 손등에 아로새겨진, 지나온 삶의 흔적이 노부인에
대한 공경을 불러일으켰다.

　당노대부인 고국려.

　그녀는 현 가주인 당무곡의 모친으로, 당가제일의 어른이
다.

　고국려의 우측에는 측근으로 보이는 한 중년 여인이 서
있었다.

　낭유화.

　고국려를 어릴 때부터 모신 시녀로, 그녀가 당가에 시집

올 때 따라온 이였다. 그리고 당무곡을 어려서부터 키우다시피 한 유모인지라 당무곡으로서도 조심스러운 여인이다.

고국려의 낭유화에 대한 신뢰와 총애는 매우 두터워 당무곡도 사사로이 함부로 부르지 못하고 깍듯이 유모라 부르며 공대했다.

당군선은 두 여인의 맞은편에 서서 빠르게 말했다.

"백모님, 설아가 다른 오라버니들이 있는 자리에서 무곡 오라버니에게 대든 것은 결코 좌시할 수 없는 일이라 생각합니다. 무곡 오라버니는 가주이십니다. 아무리 설아가 무곡 오라버니의 딸이라고는 하지만 가법을 어지럽힌 것은 명백한 사실입니다."

그녀는 고국려의 발치에 두 무릎을 꿇고 머리를 숙인 당설아를 바라보았다.

당설아는 당군선의 말이 끝나자마자 발딱 고개를 들었다. 그녀는 고국려를 향해 억울하다는 듯 외쳤다.

"할머니, 그건 아버님이 저를 너무 몰아붙였기 때문이에요! 저는 아무런 잘못도 하지 않았는데, 아버님이 다른 숙부님들이 계신 자리에서 저를 찍어 누르셨다고요! 제가 언제까지 아버님에게 고개를 숙여야 해요? 저도 이제 다 컸다고요!"

제 딴의 항변이었다.

그에 고국려는 살며시 눈매를 찌푸렸다.

마음에 안 든다는 기색이 역력했다.

그녀는 갈라지고 비틀어진, 살아온 삶을 고스란히 보여
주는 입술을 움직였다.

"쯧쯧, 어찌 그리도 네 아비를 빼닮았느냐. 그 성질머리
는 도통 끊어지지가 않는구나."

성격의 대물림을 우려하는 목소리였다.

당설아는 움찔거렸다.

조모 고국려의 말은 분명 꾸지람이었다.

당선군은 재빨리 말했다.

"백모님, 이 일은 설아의 잘못이지. 무곡 오라버니
는……."

하지만 그녀는 말을 하다가 입을 다물 수밖에 없었다. 낭
유화의 싱난 눈초리가 보였기 때문이다.

'이런.'

난감했다.

낭유화는 분명 당가의 혈족은 아니나 당가에서 미치는 영
향력은 고국려와 당무곡을 제외하고는 최강이었다. 당군선
이라도 눈치를 볼 수밖에 없을 만큼 말이다.

낭유화는 매서운 목소리로 당군선에게 따끔한 일침을 놓
았다.

"그 입 다물어라."

당선군은 찔끔거리며 움츠렸다.

마치 낭유화를 몹시 두려워하는 듯이.

가주인 당무곡도 함부로 말을 놓지 못하는 낭유화다. 달

리 보면 고국려는 낳아 준 어머니지만 낭유화는 키워 준 어머니라 할 수 있다.

고국려는 당군선을 바라보았다.

"너는 너무 나서는 경향이 있다. 본 가의 머리라고 다들 칭찬하고 너의 말을 좇으니 우쭐한 마음이 드는 것도 어찌 보면 당연하겠지. 군선아."

"네, 백모님."

"조심하거라. 모름지기 머리를 쓰는 자는 스스로를 경계해야 하느니라. 마음에 작은 틈이라도 생긴다면 이내 사심이 깃든다. 하면 판단이 흐려지게 마련이다. 흐려진 판단은 곧 어리석은 선택으로 이어진다. 필시 작게는 일신을 망치고 크게는 본 가를 망치게 될 것이다. 알겠느냐?"

"예, 백모님. 명심하겠어요."

당군선은 순순히 대답하며 고개를 숙였다. 그 모습이 영락없는 고양이 앞의 쥐였다.

고국려는 염려스러운 표정을 지으며 입을 열었다.

"설아는 내 혼구멍을 내놓을 테니, 이만 물러가 일을 보도록 해라."

"예, 그럼."

당군선은 고국려에게 머리를 조아린 뒤, 뒤돌아서며 방문을 향해 걸어갔다.

저벅저벅.

낭유화가 입술을 오물거리자 당군선은 걸음을 떼며 움찔

했다.

[또 한 번 노 대부인께 말대꾸를 하듯 말하면 그때는 내 손에 죽을 줄 알아라.]

낭유화의 성난 전음이 귓가에 들려왔기 때문이다.

순간, 당군선은 불복의 마음이 일었다. 그러나 겉으로 드러낼 수는 없었다.

낭유화에게는 어려서부터 꽉 잡혀 살았다. 그 세월이 무려 몇 십 년에 이른다.

여인인데도 지나치게 지모가 출중한 당군선이라, 고국려는 내심 크게 걱정했다. 행여 다른 이들이 당군선을 제어하지 못하는 일이 생길까 저어한 것이다.

그 때문에 일부러 낭유화를 시켜 당군선을 휘어잡도록 했다. 당군선에게 누군가 무서운 사람이 있어야 한다 생각했기 때문이다.

고국려의 그와 같은 심려는 적중했다. 당가에서 당군선을 어떻게 할 수 있는 사람은 단 두 사람밖에 없다.

고국려와 낭유화.

당군선은 고개를 숙이며 부리나케 방문 밖으로 나갔다.

당설아는 그런 당군선을 보며 오른손을 들어 입을 가렸다.

"킥킥."

그녀는 재미있다는 얼굴로 키득거렸다. 돌아가는 상황을 빤히 다 안다.

당설아는 바닥에서 일어나며 방년의 나이답지 않게 엄살을 부렸다.

"아야. 아, 너무 아파요, 할머니."

낭유화는 당설아를 째려보았다.

찌릿.

경고였다.

당설아는 낭유화의 눈초리에 움찔했다. 그녀는 낭유화의 시선을 못 본 척하며 잽싸게 고국려의 품으로 안겨 들었다.

"할머니이이."

"어이쿠, 요것이."

고국려는 방년의 당설아가 부리는 어리광이 싫지 않은 듯 못 이기는 척 받아 주었다.

당설아를 가슴에 꼭 끌어안는 모습이 보기에도 따뜻했다.

낭유화는 그 모습에 나직이 한숨을 쉬었다.

"휴……."

고국려는 낭유화를 향해 고개를 돌리며 낭랑하게 말했다.

"너무 그러지 말거라, 유화야. 이제 곧 다른 집안으로 영영 떠날 아이다."

낭유화는 고국려를 바라보며 공손하게 대답했다.

"대부인, 설아가 저리 말썽을 피우는 것은 다 대부인의 총애를 염두에 둔 겁니다. 그러니 따끔하게 혼을 내셔야 합니다. 이대로 다른 가문에 시집을 가게 된다면 필시 본 가의 이름에 먹칠을 할 것입니다."

당설아는 낭유화를 향해 입술을 삐쭉 내밀었다.

"피, 낭랑은 날 싫어하죠? 나도 낭랑이 무지 싫어요."

낭유화는 눈살을 찡그렸다.

눈에 거슬렸다. 방년의 나이인데 언행이 열대여섯 소녀였다. 보기에 심히 불편하다.

그녀는 아미를 치켜뜨며 낮은 목소리로 말했다.

"네 나이가 몇인데 그리 행동하느냐? 여느 아이들은 네 나이에 아이를 낳고 기른다. 알겠느냐?"

당설아는 낭유화의 말을 귓등으로도 듣지 않았다. 그녀는 고국려에게 고개를 돌리며 말했다.

"할머니, 낭랑 좀 혼내주세요. 만날 저만 보면 저래요."

고국려는 메마르고 주름진 손을 들어 당설아의 머리를 가만히 쓰다듬었다.

"인석아, 유화는 네가 걱정이 되어 하는 말이다. 설아야, 유화의 말을 허투로 듣지 마라. 너도 이제 시집갈 때가 되었다."

"치! 또 시집가라는 말씀이세요."

당설아는 뿌루퉁한 표정을 지으며 마뜩찮은 눈빛을 띠었다.

고국려는 안쓰러운 눈으로 당설아의 머리를 매만졌다.

"걱정이로구나. 너처럼 천방지축 말괄량이가 어찌 시집을 갈지. 휴우, 시부모님을 봉양하고 자식을 낳고 길러야 할 터인데."

아닌 게 아니라, 걱정스럽기가 태산 같았다. 당가가 무림 세가다 보니 어려서부터 무공을 익혀 왔다. 이제는 장성하여 다른 가문으로 시집을 보내야 한다.

할머니로서 그런 당설아가 안쓰러워, 시집가면 그리 자주 볼 수 없기에 웬만한 것은 다 눈감아 주었다. 자신의 삶은 곧 끝남을 알기에, 남은 생애 몇 번이나 당설아를 볼 수 있을지 모르기에……

'이제 희수. 그리 머지않았음이야.'

고국려는 마음속으로 중얼거리며 내심 애잔해했다.

당설아는 조모 고국려를 올려다보며 당차게 말했다.

"할머니, 왜 제가 시집을 가요? 괜찮은 사내 하나 데릴사위로 들이면 되잖아요."

고국려는 움칫했다. 당설아의 당찬 말에 절로 미소가 머금어졌다.

반면, 낭유화는 어이가 없다는 표정을 지었다.

그런 그녀의 귀에 고국려의 잔잔한 목소리가 들렸다.

"인석아, 겉보리 서 말만 있으면 처가살이하랴 라는 말도 모르느냐? 누가 너에게 데릴사위가 되겠다고 하든. 그런 사내가 있으면 어디 한 번 데려와 봐라."

당설아는 손을 들어 입을 가리며 실소했다.

"푸훗."

그녀는 다소 들뜬 기색을 띠었다.

고국려는 당설아의 모습에 눈빛을 반짝였다. 당설아의 언행이 범상치 않았다.

그녀는 신중하게 물었다.

"너, 혹시 사내를……."

"호호호, 최근에 괜찮은 사람 하나를 봐 두었어요. 그 정
도면 썩 나쁘지 않을 것 같아요. 아직…… 흠흠, 그 사람의
마음은 모르겠지만, 사실 조금 불안하긴 해요."

고국려는 당설아의 머리를 부드럽게 쓰다듬으며 말했다.

"어디 말을 해 보련. 이 할미가 알아 두어서 나쁠 것은
없으니."

"그게요…… 할머니, 그 사람은 낭인이에요. 예전에는 어
부였다고 하는데 부모님이 있는지, 어떤 과거가 있는지 아
직 잘 몰라요. 단지 아는 것이 있다면 무공이 고강하고 사
내답다는 것 정도예요."

고국려는 침중한 표정을 지으며 마음속으로 외쳤다.

'안― 돼!'

강한 거부감이 일었다.

낭인이라니, 그게 말이 될 법한가.

당설아가 누군가. 당대 당가주의 여식이 아니던가.

그런데 한탄 낭인에게 시집을 간다?

어불성설이다.

게다가 낭인이 당가에 데릴사위로 들어온 전례가 없었다.
당가가 세워지고 데릴사위로 들어온 이들 대부분이 사천에
서 목에 힘깨나 주는 집안 출신들이다. 대개 차자나 셋째

아들이었다.

일종의 정략혼이라고 볼 수 있는데, 당가와 해당 가문은
그렇게 서로 간의 결속을 다졌다.

당가가 사천을 기반으로 오늘날 성세를 이어 올 수 있던
배경에는 그런 나름의 이유가 있었다.

낭유화는 고국려를 쳐다보며 명쾌한 목소리로 말했다.

"노대부인, 아니 됩니다. 이제껏 낭인이 데릴사위로 들어
온 예는 단 한 번도 없습니다. 그리고 가주께서도 허락하지
않으실 것입니다. 가문의 위신과 체통에 흠집이 가는 일입
니다. 결단코 허락하셔서는 아니 되는 일입니다."

당설아는 고개를 돌려 낭유화를 쳐다보았다.

그녀의 서슬은 시퍼랬다. 매서운 눈초리로 낭유화를 노려
보았다.

"낭랑, 지금 무슨 말을 하는 거예요! 내가 혼인을 하겠다
는데, 왜 낭랑이 된다, 안 된다 나서서 말하는 거예요!"

독 오른 살쾡이가 따로 없었다.

고국려는 낭유화를 향해 고개를 내저었다.

절레절레.

낭유화는 고개를 숙이며 입을 다물었다.

그 모습에 의기양양해진 당설아는 코웃음을 쳤다.

"흥!"

그녀는 고국려를 쳐다보며 말했다.

"할머니."

고국려는 당설아의 머리를 매만지며 담담하게 말했다.

"네 아비와 어미의 의견도 들어 보아야 한단다, 설아야. 그러니 이 할미가 너에게 된다, 안 된다 먼저 말할 수는 없단다. 알겠니?"

"할머니, 아버지와 어머니는 분명 반대하실 거예요. 하지만 할머니께서 호통을 치시면 두 분도 어쩌실 수 없을 거예요. 네에, 할머니?"

"녀석, 천천히 생각을 해 보자꾸나. 지금 당장은 이 할미도 뭐라 말할 수가 없구나."

"치."

당설아는 실망스럽다는 표정을 지었다. 하지만 내심으로는 염두를 굴렸다.

'어쩌지? 할머님이 먼저 고개를 끄덕이시면 만사형통일 텐데.'

떡 줄 사람은 생각도 하지 않는데, 먼저 애가 닳은 당설아다.

당설아는 조모 고국려의 마음을 움직이고자 필사적이었다. 잘 보이기 위해 무진 애를 썼다.

사실 임유성은 자신에게 관심이라고는 단 한 점도 없다. 오히려 귀찮아하면 했지.

당설아는 문득 머리에 떠오른 상념에 생긋 밝게 웃었다.

"참, 할머니. 매년 이맘때쯤이면 항상 성도의 청양궁으로 가지 않으셨어요? 그런데 올해는 왜 안 가시나요? 점, 안 보세요."

고국려는 자애로운 미소를 머금었다.

"인석, 그 사내와 내가 궁합이 맞는지 보고 싶은 게로구나."

"호호호, 들켰네요. 까르르르."

고국려는 해맑은 웃음으로 대답을 대신하는 당설아를 바라보았다.

측은했다. 분명 마음에 상처를 입을 것이다.

고국려는 차분하게 말했다.

"가긴 가야 하는데, 예년에 비해 몸이 무겁구나. 휴우."

그녀는 안색을 흐렸다. 갈 날이 멀지않은 듯 매해가 달랐다.

당설아는 조모 고국려의 안색이 흐려진 것을 보고는 재빨리 입을 열었다.

"저도 같이 가요, 할머니."

"호, 작년에는 같이 가자고 했더니 무공 수련 때문에 안 된다고 하던 네가 어쩐 일이냐?"

"할머니, 놀리시지 마세요. 저 따라가도 되죠?"

"그래, 같이 가자꾸나. 청양궁에 가는 것이 유일한 성도 나들이이니, 모처럼 바깥공기를 쐬어 보는 것도 나쁠 것은 없겠지."

"호호호, 그럼요."

당설아는 눈빛을 반짝였다.

'됐어. 그동안 어떻게 해서든지 할머니의 점수를 따놓아야 해.'

그녀는 음흉한 속내를 숨기고 조모 고국려를 향해 활짝 웃었다.

낭유화는 그사이 슬쩍 눈을 들어 당설아를 훔쳐보았다.

걱정스러웠다.

그녀의 의도대로 되지 않을 것이 틀림없다. 격렬한 반대에 부딪쳐 깊이 상심할 것이다.

'대체 어떤 사내를 보았기에 설아 저 아이가 저러는 걸까?'

문득 궁금증이 일었다.

당설아에게 데릴사위로 찍힌 사내가 누구인지 얼굴을 꼭 보고 싶었다.

그 시각.

"에취."

임유성은 전옥인이 머무르는 누각 입구에 서 있었다. 그의 느닷없는 재치기에 우측에 서 있는 양우진이 고개를 돌렸다.

"웬 재채기냐?"

임유성은 고개를 돌리며 대답했다.

"저도 모르겠습니다. 갑자기 재채기가 나왔습니다."

"풋, 코가 간질간질하냐?"

"하하하, 그건 아닙니다."

임유성은 대수롭지 않게 생각했다.

❖　　　❖　　　❖

그날 저녁, 당무곡은 잠시 다녀가라는 연락을 받고 내원으로 향했다.

그는 내원에 들자마자 곧장 모친 고국려의 거처로 갔다. 방문 밖 회랑에는 낭유화가 서 있었다.

그녀는 당무곡을 향해 가주에 대한 예로서 고개를 숙였다.

당무곡은 손을 들며 황급히 말렸다.

"유모, 왜 이러십니까? 사람 불편하게 그러지 마십시오."

그는 낭유화에게 말을 높였다.

낭유화는 고개를 들며 낭랑하게 대답했다.

"가법입니다, 가주."

말과 함께 그녀는 옆으로 비켜섰다.

"나참, 유모도."

당무곡은 문을 열고 방으로 들었다. 그는 모친이 앉아 있는 탁자로 걸어가 인사한 후, 낭유화가 가져온 의자에 앉았다.

고국려는 아들 당무곡에게 낮에 있던 당설아의 일을 말했다.

당무곡의 안색은 대번에 급변했다.

그는 말도 안 된다는 표정을 지으며 정색했다.

"절대 안 됩니다, 어머님. 어디서 낭인을 데릴사위로 들입니까? 절대 있을 수 없는 일입니다."

당무곡은 강경했다.

고국려는 걱정스레 말했다.

"나 또한 가주와 별반 다르지 않네. 하나 문제는 설아네. 은근히 그 낭인에게 관심을 주는 것 같은데, 혹시 그 낭인에 관해 아는 바가 있는가?"

"그, 그게…… 어쩌면……."

당무곡은 곤혹스러워 말을 더듬었다.

딸이 낭인들을 접빈청에 묵게 하고 술자리를 함께한 일이 머릿속에서 떠올랐다.

당무곡은 모친 고국려에게 그것을 말해 주었다.

"실은 설아가 접빈청에……."

고국려는 눈살을 찌푸렸다. 필시 그 낭인들 중 한 명에게 당설아가 마음이 있는 것이 분명하다.

그녀는 아들 당무곡에게 말했다.

"그중 사내가 몇인가?"

"셋으로 알고 있습니다."

"흠……."

당무곡은 모친이 침음을 흘리자 조심스레 기색을 살폈다.

낭유화는 그사이 두 모자에게서 몇 걸음 떨어진 위치에

서 있었다.

당가의 가주와 모친이 대화를 나누는 자리다.

그녀가 끼어들어서는 안 되기에 본분을 지켰다. 그런 성정 덕분에 고국려가 더욱 그녀를 총애하고 신임하는 것이었다.

"가주."

"예, 어머님."

"일단 그들 중 누가 설아의 관심을 끌었는지 한 번 알아보시게."

"네. 알겠습니다, 어머님. 하지만 전 이 일은 반대입니다."

"아네, 가주가 무슨 말을 하고 싶은지 말일세. 나 또한 아니 되는 일이라 생각하네. 하지만 자칫 설아가 상처받을 수도 있는 일이니, 조심해서 처리하세나."

"예."

당무곡은 내심 안심했다. 모친이 자신과 같은 생각인 것 같아 적이 마음이 놓였다.

'그것이 끝끝내!'

세상에서 그의 마음대로 되지 않는 사람이 있다면 단연코 자식과 마누라일 것이다.

당무곡은 골머리를 앓게 하는 딸 당설아로 인해 머리가 지끈거렸다.

다 큰, 장성한 딸을 두들겨 팰 수도 없고, 그렇다고 내버려 두자니 복장이 터진다.

당무곡은 내심 툴툴거렸다.

'이건 완전히 죽이지도 살리지도 못하는 꼴이 아닌가. 우라질!'

고국려는 천천히 입을 열었다.

"가주."

"네, 어머님."

"내 일단 성도의 청양궁에 다녀오려 하네."

"아, 예."

당무곡은 담담했다.

매년 이맘때에 모친이 성도의 청양궁에 가 향을 피우는 것을 알고 있다.

심중 조금 불안했다. 지금은 상황이 썩 좋지 않았다.

천존부에서는 오래전에 간자를 침투시켰다. 어쩌면 모친의 움직임이 그들의 귀에 들어가 주시하고 있을지도 모른다.

모친의 성도 청양궁 방문은 잘 알려진 연례 행사다. 청양궁에 천존부의 간세가 있을지도 모른다.

당무곡은 조심스레 입을 열었다.

"어머님, 올해는 청양궁에 아니 가시는 것이 좋을 듯싶습니다만."

"응? 무슨 소린가?"

고국려는 뜻밖이라는 기색을 띠며 물었다.

"그것이 최근 가 내외의 상황이 썩 좋지 않습니다."

당무곡은 모친 고국려에게 최근 당가의 사정을 간략하게 설명했다.

고국려는 눈살을 찡그렸다.

듣고 보니 매우 괘씸하지 않는가?

그녀는 언성을 높였다.

"감히 천존부 따위가 우리 당가 내부에 간자를 침투시켰단 말인가? 그것도 십 년 전에!"

"예, 어머님. 그러니 올해는 청양궁 방문을 취소하시는 것이 나을 듯싶습니다."

"으음……."

고국려는 고개를 숙이며 생각했다.

당무곡은 모친을 보며 조마조마한 눈빛을 띠었다.

'설마 그런 위험을 무릅쓰고 청양궁에 가겠다고 하시진 않겠지.'

그러나 세상일이란 늘 예상과 어긋나는 법이다.

결심을 내린 고국려는 고개를 들어 아들 당무곡을 쳐다보았다.

"가주."

"예, 어머님."

"난 가야겠네."

"예에?"

당무곡은 화들짝 놀라며 두 눈을 치떴다. 그는 자지러지는 목소리로 황급히 말했다.

"안 됩니다, 어머님. 위험하실 수도 있습니다."

낭유화는 당무곡의 언행에 얼굴을 찡그렸다.

'쯧, 가주가 어찌 저리…… 저러니 설아가 그리하는 게지.'

아비나 딸이나 똑같다.

그녀에게 고국려는 하늘이나 마찬가지다. 그런데 당무곡이 언성을 높이며 고국려의 뜻에 강하게 반발했다.

고국려는 눈살을 찌푸리며 낭랑하게 말했다.

"가주, 이럴 때일수록 우리 당가가 의연함을 보여야 하네. 천존부의 놈들이 아무리 우리 당가를 흔들고자 해도 우리는 결코 흔들리지 않는다는 걸 명명백백히 보여 줘야 한다, 이 말이네. 아시겠는가, 가주."

"어머님, 소자가 어찌 어머님의 말씀을 모르겠습니까? 하지만 어머님께서 만에 하나라도 위험해지실 수도 있습니다. 저는 그것이 저어됩니다."

"어허, 어찌 그리 생각이 짧으신 겐가? 그러고도 우리 당가의 가주라 할 수 있는가? 이럴 때야말로 의연하고 의젓하게 위엄을 보여야 하네. 그래야 가주라 할 수 있네."

당무곡은 반발했다.

"아니 됩니다, 어머님. 결코 그리할 수는 없습니다. 자식 된 도리로 어머님이 위험해질 수도 있는 일을 어찌 감수하겠습니까? 절대 안 됩니다."

당무곡은 강경했다.

그는 모친이 위험에 노출되는 것을 두고 볼 수 없었다.

"어허, 가주."

고국려는 언성을 높이며 성난 얼굴빛을 띠었다.

하나 당무곡은 양보할 수 없었다.

"어머님, 뭐라 하셔도 저는 그리할 수는 없습니다."

"이 사람. 자네는 우리 당가의 가주일세. 어찌 사사로움을 먼저 생각하는가? 내 자네에게 말했으니 그리 알게나."

"어머님."

"어―허어!"

고국려는 짐짓 화가 난다는 표정을 지었다.

당무곡은 난감한 표정을 지으며 뭐라 말을 하려 했다.

그 순간, 고국려는 손을 들어 탁자를 내려쳤다.

타앙!

그런 뒤 그녀는 기세등등하게 말했다.

"여러 말 하지 마시게. 그만 물러가 일 보시게."

"어머님."

"어허, 그만 가 보라 하지 않는가?"

"……."

당무곡은 찍소리도 하지 못하고 고개를 깊이 숙였다.

모친의 고집에 아들로서 답답하기가 이루 말할 수 없었다. 그렇다고 모친에게 다시 뭐라 말하기도 난감했다.

그의 눈에 보이는 모친 고국려는 한 마디만 더 말한다면 당장 불호령을 내지를 것 같았다.

'앓느니 죽지, 죽어.'

당무곡은 죽을 맛이었다.

모친이 고집을 부림에도 그 의사를 꺾을 수가 없었다. 그렇다고 따르자니 너무 불안했다. 억지로 고집을 꺾으려 했다간 모친이 가만있지 않을 것이다. 자식 된 도리로 그저 당할 수밖에 달리 길이 없는 상황이었다.

당무곡은 이래저래 피곤하고 골치가 아팠다. 딸과 어머니가 그를 너무 힘들게 했다.

그 후, 며칠이 지났다.

당무곡은 그동안 바짝 신경을 곤두세우고 긴장했으나 별다른 일은 일어나지 않았다.

결국 모친 고국려가 성도의 청양궁으로 출행했다.

당설아와 낭유화, 그리고 내원의 여무사 다섯이 따랐다.

고국려가 당가를 나설 때는 거의 모든 당가 사람이 그녀를 배웅했다. 그와 함께 당가에서 다수의 전서구가 날아올랐다.

전서구는 성도를 향해 힘찬 날갯짓을 했다.

얼마 후, 전서구는 당가의 영향력이 미치는 성도 곳곳에 내려앉았다.

—당노대부인 고국려의 출행.

당가와 직간접적으로 이어져 있는 모든 이가 긴장했다.
다들 고국려의 연례 행사를 잘 안다. 그녀의 출행은 단순한
향불을 피워 올리는 것만이 아니다.

당가의 드높은 위세를 공개적으로 드러내며, 당가와 이어
져 있는 자들과 만나 서로 유대를 다지고, 당가의 영향력과
힘, 그리고 영역을 재확인하는 것이다.

그 때문에 고국려는 청양궁행을 고집했다. 그녀는 청양궁
을 방문함으로써 당가의 사천 지배력을 공고히 해 왔다.

고국려에게 잘 보이려 안달하는 자들과 그렇지 않는 자
들.

아부와 아첨을 하며 꼬리를 흔드는 자들은 당가에 머리를
숙이고 영향력으로 들어온 우군이다. 반면에 그렇지 않은
자들은 당가에 비우호적인 잠재적인 적이다.

❖   ❖   ❖

청양궁, 외진 곳에 있는 방에 세 사내가 서 있었다.
등을 돌리고 선 쉰 초반의 장년인.
그의 뒤편에는 도복을 입고 도사로 위장한 도총섭과 예의
장한 모후곤이 서 있었다.
"구."

"예, 환왕님."

도총섭은 공손한 답하며 고개를 숙였다.

장년인, 환왕(幻王) 두곡상은 창가에 서서 밖을 물끄러미 응시했다.

"목표가 움직였다고?"

"네, 환왕님. 청양궁으로 방금 전에 연락이 왔습니다. 고국려가 당가를 출발했다고 말입니다."

"흠."

두곡상은 침음을 흘리며 긴장의 얼굴빛을 띠었다.

"오래전부터 고국려는 우리 천존부의 핵심 표적 중 하나였다. 부와 당가가 서로의 생존을 걸고 승부수를 띄울 때를 상정하고 은밀히 구, 너를 청양궁에 심어 두었다. 한데 상황이 돌변해 고국려에 대한 것을 서둘게 되었다."

도총섭의 목울대가 미세하게 꿈틀거렸다.

'꿀꺽.'

그는 긴장감에 마른침을 삼켰다.

모후곤은 태연했다.

그는 심중 포기라는 감정을 품었다. 어찌 보면 그 모습이 더 비장해 보였다. 목숨에 대한 미련을 버린 듯하다.

모후곤은 편안한 얼굴로 두곡상의 등을 보았다.

두곡상은 낭랑한 목소리로 말을 이어 나갔다.

"구와 아. 너희 둘에게는 미안한 감이 없잖아 있다. 본래의 의도와는 다르게 고육지계에 너희 둘을 사용할 수밖

에 없게 되었다. 하나 나, 환왕 두곡상의 이름으로 한 가지
만은 약속하마. 너희들의 가족은 평생 동안 부의 보살핌을
받게 될 것이다. 늘 배부를 것이고, 등 따뜻할 것이며, 부
족함이 없는 생활을 누릴 것임을 내가 보장한다. 어떤 경
우에라도 부는 너희 두 사람의 가족을 버리지 않을 것이
다."

도총섭과 모후곤은 천천히 고개를 숙이며 힘찬 목소리로
대답했다.

"부의 은혜에 감읍합니다, 환왕님. 이미 오래전에 목숨을
바쳤습니다. 부가 저희들의 목숨을 원하니, 기꺼이 바치겠
습니다. 환왕님, 부디 용도에 맞게 저희들의 목숨을 써 주
십시오."

두곡상은 눈매를 반짝이며 돌아섰다. 그는 도총섭과 모후
곤을 쳐다보았다.

"오늘 밤, 청양궁에 있는 모든 식수와 청양궁의 도사들이
먹는 음식에 독을 타라. 독의 발작 시기는 고국려가 청양궁
에 도착한 후, 일각이 지났을 때가 되어야 한다. 자연스레
혼란이 일어나고 뭐가 뭔지 알 수 없는 혼돈이 청양궁에 휩
쓸 때, 고국려를 제압해 최대한 빨리 청양궁 우측에 있는
오층탑으로 끌고 간다. 그 후 고국려가 인질로 잡힌 것을
당가가 알도록 하여…… 그리되면 고육지계는 완성이 된다.
할 수 있겠느냐?"

"예."

"할 수 있습니다, 환왕님."

도총섭과 모후곤은 목소리를 높여 대답했다.

환왕 두곡상은 득의양양한 미소를 지었다.

씨이익.

도총섭과 모후곤은 그 미소에 절로 몸을 떨었다.

바르르.

입으로야 무슨 말을 못할까.

스스로 죽음으로 걸어 들어가는데 떨리지 않은 사람이 세상에 뉘 있을까.

각기 '구' 와 '아' 라는 별칭으로 불리는 찰람원 소속의 간자 도총섭과 모후곤.

얼마 후, 그들은 발 빠르게 움직여 청양궁의 모든 식수원에 독을 뿌렸다.

그날 저녁, 청양궁의 모든 도사들은 물과 음식을 통해 자신들도 모르는 사이 독에 중독되었다.

다음 날, 오후 늦게 고국려가 청양궁을 방문했다.

도사들은 정문을 활짝 열고 좌우에 도열하여 고국려를 융숭하게 맞았다.

당가.

그 가문을 염두에 둔 환대였다.

고국려와 그를 따르는 여인들이 청양궁으로 들어간 후, 일각쯤 지났을 때였다.

"까아아악!"

비단이 양쪽으로 북, 찢어지는 듯한 몇몇 여인의 비명이
청양궁에 메아리쳤다.

❖　　　❖　　　❖

사천당가에 고국려의 상황이 알려진 것은 불과 한식경이
지난 뒤였다.

당가는 벌집을 쑤신 듯 소란스러웠다. 성도에서 날아온
전서구가 가져온 소식에 다들 창황망조했다.

당가 최고 어른이 인질로 잡혔다.

우여곡절 끝에 도망쳐 온 여무사가 전한 소식은 청천벽력
이었다.

당무곡은 자신의 예상이 맞았음을 매우 후회하며 분기탱
천했다.

다른 사람도 아니고, 자신을 낳아 준 어머니다. 더욱이
딸 당설아까지 잡혔다. 결코 좌시할 수 없는 사안인 것이다.

"감히 어머님과 설아를 인질로 잡았단 말이냐?"

당무곡은 머리끝까지 분노가 치솟았다.

당군선은 당무곡을 진정시키려 안간힘을 썼다.

"고정하세요, 오라버니."

"이게 고정할 일이냐?"

"오라버니."

당군선은 침착하게 돌아가는 정황을 짚으려 했다.

그에 반해 당군병과 당군랑은 자리를 박차고 분연히 일어났다.

그들은 타오르는 불에 기름을 들이부은 듯 길길이 날뛰었다.

"형님, 어서 성도로 가셔야 합니다!"

"그놈들을 모조리 다 쳐 죽여 버리셔야 합니다!"

당무곡은 고개를 힘차게 끄덕였다.

"옳은 말이다. 어서 채비해라."

"예!"

당군병과 당군랑은 발등에 불똥이 떨어진 사람마냥 바삐 움직였다.

당군선은 당무곡을 만류했다.

"흥분과 분노를 가라앉히세요, 가주 오라버니. 그것이 놈들이 바라는 것일 수도 있어요."

그녀는 흥분한 상태로는 이성적인 판단이 힘듦을 잘 알고 있었다.

당무곡은 자신을 만류하는 당군선을 향해 눈을 부릅떴다.

"너어……."

"가주 오라버니, 잠시만 제 말을 들어주세요."

"됐다. 지금 네 말을 들을 겨를이 없다."

당무곡은 당군선의 말을 들으려 하지 않았다. 그는 살기를 줄기줄기 내뿜으며 휑하니 벼락이 치듯 밖으로 뛰쳐나갔다.

당군선은 참담한 표정을 지으며 한숨을 길게 내쉬었다.

"휴우우."

그녀는 서둘러 밖으로 걸었다.

잠시 후, 당무곡을 위시한 삼십여 명의 정예 무사가 당가의 정문을 나섰다.

그들은 성도를 향해 다급히 말을 몰았다.

두두두.

청양궁의 참변 소식은 일다경도 되지 않아 온 당가에 다 퍼졌다.

당가의 사람들은 삼삼오오 모여 속삭이며 걱정스러워했다.

"대체 이게 다 무슨 일이람?"

"어떤 겁대가리 상실한 놈이 감히 노대부인을 인질로 잡아?"

"육시를 낼 놈들!"

당가의 사람들은 하나같이 분노의 눈빛을 띠었다. 가문의 제일 어른이 당한 참변에 주체할 수 없이 흥분했다.

그런 소식은 임유성과 양우진, 그리고 방일수와 보미랑의 귀에까지 들어갔다.

양우진은 어리둥절했다.

"성도에서 당가의 최고 어른인 당노대부인을 인질로 잡았다? 미친놈이군."

있을 수 없는 일이다.

"불가능해. 그걸 할 수 있는 사람이나 세력은 적어도 사천 땅에는 없어. 미치지 않고서야 어떻게 당가를 건드려? 그것도 당가의 최고 어른이라는 노대부인과 당가주의 딸을 인질로 잡고서……."

뭔가가 떠오른 듯 보미랑이 양우진에게 넌지시 말했다.

"조장, 일전에 그 간자라는 복면인 말이에요."

방일수는 눈빛을 반짝였다.

임유성은 보미랑을 쳐다보았다.

양우진은 움칫했다.

그 또한 익히 아는 일이었다. 그 일로 인해 자신들이 전옥인의 거처를 경계하게 되었으니까.

"설마…… 아, 아니겠지."

양우진은 머리에 떠오른 상념을 애써 부정했다.

보미랑의 말은 예의 간자와 청양궁에서 고국려를 인질을 잡은 자들이 무슨 연관이 있는 것은 아닐까 하는 물음이었다.

방일수가 끼어들며 말했다.

"전혀 근거없는 말은 아닙니다, 조장. 한 번쯤 연관지어 생각해 봐야 하는 것 아닙니까?"

"흠."

양우진은 침음을 흘렸다.

"……."

그는 말없이 임유성을 쳐다보았다. 의견을 묻는 시선이다.

임유성은 긴가민가한 표정을 짓다가 낭랑한 목소리로 말했다.

"뭐라고 단언을 내리기에는 모든 것이 미흡합니다. 일단 우리는 우리 일을 하며 돌아가는 추이를 보죠."

관망하자는 임유성의 의견에 양우진은 입맛을 다셨다.

"쩝, 가장 현실적이고 원만한 답이긴 한데……."

양우진은 살며시 고개를 숙이며 생각하는 시늉을 했다.

임유성과 방일수, 그리고 보미랑은 양우진을 물끄러미 지켜보았다.

잠시 후, 양우진은 고개를 들어 시선을 뒤돌렸다. 그의 눈에 전옥인의 거처인 누각이 보였다.

양우진은 누각을 응시하며 입을 열었다.

"사천 땅에서 당가를 건드릴 세력이나 사람은 없어. 그건 확실해. 그렇다면 범인은 사천 밖이라는 얘긴데, 과연 사천 이외의 곳에 당가의 최고 어른을 인질로 잡는 미친 짓을 할 만한 문파나 세력, 그리고 개인이 있을까? 있다면 어디에 있는 누굴까?"

"……."

"당가는 오대세가의 하나로, 구대문파와 어깨를 나란히 하는…… 은원분명, 그 네 글자를 다들 가슴에 품고 있는,

독랄한 암기와 독으로 유명한 당가야. 당가가 배후를 알기만 하면 전력을 다해 암기와 독을 쏟아부을 것이 빤한데 말이지."

없다.

소림이나 무당도 그런 정신 나간 짓은 하지 않는다. 두 문파가 그러할진대, 다른 강호 문파는 두말하면 잔소리다.

있다면 오직 단 한 곳뿐이다.

임유성과 방일수, 그리고 보미랑은 눈매를 반짝이며 얼굴을 경직했다.

"설마…… 아니겠지?"

"아닐 거예요. 천존부 놈들이 누각에 있는 그를 그렇게까지 노릴 이유가 없잖아요."

"형님, 대상자가 당가 내부에 있는데, 아무래도 그건 좀 비약이지 않나 싶습니다만."

양우진은 누각을 바라보며 고개를 가볍게 저었다. 뭔가 잡히는 것이 있는 듯한 눈치였다.

"아니야. 저놈을 죽이려고 파고랍산까지 쫓아온 거하며, 당가 내부에 있는 간자를 동원해 죽이려고 한 것도 너무 이상해. 그리고 당가의 최고 어른인 노대부인을 인질로 잡은 것도…… 아무래도 우리가 잠자는 호랑이 꼬리를 밟은 것 같단 말이지."

양우진은 불안해하는 기색을 띠었다.

'도대체 전옥인, 저 자식을 무리를 해 가면서까지 죽이려

고 하는 이유가 뭘까? 만약 당노대부인과 전옥인을 교환하자고 한다면 당가주가 거부할 수 있을까?'

이렇듯 찰람원주 사수붕의 고육지계는 당가를 충격의 소용돌이에 몰아넣었다.

6장

　당무곡이 이끄는 당가의 무리들은 뇌려풍비의 기세로 관
도를 내달렸다.

　속도의 빠름은 둘째 치고, 그들이 내뿜는 살기는 장난이
아니었다.

　고국려.

　그녀를 건드렸다는 것 자체가 당가에 대한 명백한 도전인
동시에 당가를 능멸하는 것이다.

　당가와 성도 간의 거리는 말을 달릴 경우, 한두 시진이면
당도한다.

　당무곡은 바람처럼 성도에 당도했다. 그는 황급히 무사들
을 이끌고 청양궁으로 갔다.

　청양궁은 그새 물샐틈없이 포위된 상태였다.

당가는 동원 가능한 모든 인원을 움직였다. 심지어 당가와 사돈이 되는 일부 관부인이 관병까지 동원했다.

사돈 집안의 최고 어른이 인질로 붙잡혔으니 가만히 지켜만 볼 수는 없는 일이다.

당무곡은 청양궁의 우측에 자리한 오층탑을 마주하고 섰다.

그의 뒤편에 당가의 실세들과 무사들이 도열했다.

탑은 얼핏 보아도 십 장은 족히 넘을 것 같았다. 전체가 목조탑인 듯 보기에 그리 튼실해 보이지는 않았다.

그때, 도사 한 명이 탑에서 걸어 나왔다. 당무곡이 이끄는 당가의 이들이 당도한 것을 탑에서 본 모양이다.

저벅저벅.

당무곡은 걸어 나오는 도총섭을 보며 이를 갈았다.

빠드득.

그는 매우 격노한 모습이었다. 얼굴이 붉으락푸르락했다. 눈썹이 분노로 떨렸다.

바르르.

도총섭은 당무곡에게서 약 일 장 정도 떨어진 곳에 멈춰 섰다. 그는 두 손을 들어 합장하며 말했다.

"원시천존."

어처구니없게도 아직까지도 도사인 양 행세하는 도총섭이었다.

당무곡은 이미 제반 설명을 들은 듯 모친을 인질로 잡은 자들과 한패인 도총섭을 향해 버럭 고함쳤다.

"그 입, 닥쳐라!"

하지만 도총섭은 오히려 미소를 머금었다.

싱긋.

그는 여유로운 표정을 지으며 낭랑하게 말했다.

"당가주이시오?"

"그렇다. 어머님은 무사하시겠지?"

"이르다뿐이겠소. 아무리 우리가 이런 짓을 하긴 했어도 무공도 모르는 이제 희수(喜壽)의 늙은 노파를 어찌하지는 않소이다."

당무곡은 흠칫했다.

모친이 무공을 할 줄 모른다는 것은 당가 내에서도 아는 이가 별로 없었다.

'필시 그 간자 놈이……'

새삼 부아가 치밀었다. 그의 머리에 얼마 전의 간자가 떠올랐다.

일반적으로 당가로 시집오는 여인은 당가에서 무공을 배운다. 하지만 모친은 무공을 꺼렸다. 그리고 오히려 그 점 때문에 작고한 부친이 모친을 더 은애하였다.

조신하고 여인다운 처신에 마음이 끌렸던 것이다.

"네놈들, 대관절 어디에 속한, 뭐 하는 놈들이냐? 감히 우리 당가를 건드리고도 무사할 성싶으냐?"

"후후! 가주, 이미 다 짐작하고 있으면서 말을 빙빙 돌리지 마시오. 거두절미하고…… 우리의 조건은 전옥인이오. 그놈만 우리에게 넘겨주면 모친과 딸, 그리고 유모를 놔주겠소."

"……."

당무곡은 입을 다물었다. 예상하지 못한 바는 아니었다.

"이익! 그럼 네놈들이……."

"맞소이다. 우리는 천존부에서 왔소. 전날 당가에 숨어 있던 간자가 일을 실패하는 바람에 부랴부랴 이번 일을 꾸미게 되었소. 그럼."

도총섭은 할 말을 다 했다는 듯 뒤돌아섰다. 그러고는 탑을 향해 걸어갔다.

당무곡과 주변에 서 있는 이들은 도총섭의 말에 한 세력을 떠올렸다.

천존부.

담대하기가 하늘을 찌르는 이들이다. 기가 막히게도 사천성의 성도(省都)인 성도(成都)에서 당가의 어른을 납치하다니. 게다가 그들은 다른 자와의 교환을 원했다.

놀람과 충격, 그리고 어이없음 등.

다수의 감정이 사람들의 얼굴과 눈을 스쳐 지나갔다.

당무곡은 이를 악물며 두 손을 불끈 쥐었다.

그는 거칠게 말했다.

"빌어먹을."

안다.

천존부가 왜 이리 무모하고 어처구니없는 짓을 저지르는지 말이다.

필시 전옥인이 지닌 장보도 때문일 것이다.

난처했다.

모친과 장보도, 둘 중 하나를 택해야 하는 상황.

당무곡은 입술을 잘끈 깨물었다.

결론은 나와 있다. 아무리 장보도에 엄청난 재화와 개세절학이 담긴 보고가 그려져 있다고 해도 모친, 그리고 딸과는 바꿀 수 없다.

당무곡은 고개를 돌려 당군병과 당군랑에게 소리쳤다.

"본가로 돌아가서 전옥인을 데려와라."

당군병과 당군랑은 두 눈을 질끈 감으며 대답했다.

"예!"

두 사람은 마음속으로 중얼거리며 눈을 떴다.

'이런 썩을.'

'본 가가 도약할 수 있는 호기이거늘.'

'지독한 놈들. 설마 이런 극단적인 수단까지 쓸 줄이야.'

당무곡은 머뭇거리는 당군병과 당군랑에게 재차 소리쳤다.

"뭣들 하고 있느냐? 어머님을 이대로 놔둘 참이냐?"

당군병과 당군랑은 급히 뒤돌아섰다.

"알겠습니다, 가주. 갔다 오겠습니다."

당군병과 당군랑은 보는 이목이 많아 당무곡에게 깍듯이

가주라고 호칭했다.

두 사람을 땅을 차며 청양궁 정문을 향해 경공을 시전했다.

❖   ❖   ❖

긴장감이 어린 세 쌍의 눈동자.

눈동자들이 닿는 곳에 서 있는 장년인, 환왕 두곡상.

그는 돌아서서 탑 아래를 내려다보며 눈매를 반짝였다. 좌우에는 도총섭과 모후곤이 서 있었다.

고국려는 밧줄에 묶인 채 말했다.

"대관절 무엇을 원하기에 날 인질로 붙잡은 것이냐?"

침착했다.

세월이 그녀에게 안긴 연륜이다. 냉정을 유지하고 차분하게 묻는 여유, 그리고 나름 상황을 파악하고자 하는 이성.

환왕 두곡상은 그녀를 내려다보며 낮은 목소리로 말했다.

"나이를 헛먹지는 않은 것 같소, 고국려."

고국려는 두곡상을 노려보았다.

"네놈들이 지금 어느 가문을 건드린 줄 아느냐?"

그 말에 도총섭과 모후곤이 실소했다.

"풋."

"큭."

마치 비웃는 듯한 모습.

그 모습에 당설아는 발끈해 외쳤다.

"지금 우리가 너희에게 잡혀 있다 하여 비웃는 것이냐? 네놈들이 그러고도 사내더냐?"

모후곤은 피식 실소하며 말했다.

"계집. 우리가 필요한 것은 고국려 한 명이다. 너나 네 옆에 있는 계집은 우리에게는 아무 쓸모도 없다. 죽고 싶지 않으면 입 다물고 있는 것이 좋아."

모후곤의 눈매에서 살기가 번득였다.

그 기세에 낭유화는 당설아에게 고개를 돌렸다.

그녀의 눈에 점혈당하여 밧줄에 묶인 당설아가 보였다.

현재 당설아와 낭유화는 같은 처지였다.

"가만히 있어라. 지금은 함부로 말해서는 안 된다."

"낭랑."

"설아야, 제발."

"치."

당설아는 낭유화가 안타까운 표정으로 쳐다보자 입을 다물었다.

두곡상은 소리없이 미소 지었다.

'어린것이 나대기는…… 크큭, 하긴 당가 계집이니…….'

한편, 고국려는 두곡상을 유심히 보며 마음속으로 중얼거려다.

'이자는 우리 당가를 안중에 두지 않는다.'

고국려는 생각했다.

'사천에서 우리에게 이런 짓을 할 사람은 없다. 하면……
천존부!'

고국려는 도사 차림의 도총섭을 흘겨보았다.

'청양궁의 도사가 이 일에 관련이 되어 있을 리는 없다.
그렇다면 간자?'

그녀의 머리는 순식간에 돌아갔다.

'사전에 계획이 다 세워져 있었다!'

고국려는 두곡상을 바라보았다. 그가 우두머리인 게 분명
했다. 그녀는 천천히 입을 열었다.

"천존부에서 날 인질로 잡고 우리 당가에 무엇을 요구할
참인가?"

당설아와 낭유화는 순간 당황했다.

"흑!"

"노대부인."

당설아와 낭유화는 고국려를 쳐다보았다.

두곡상은 돌아섰다.

도총섭과 모후곤은 고국려를 주시하며 놀란 기색을 띠었
다.

다만, 두곡상은 눈빛을 반짝이며 제법이라는 표정을 띨
뿐이었다. 겉보기에는 고국려보다 연하로 보이나 실제로는
연상인 그였다.

그는 고국려를 무심한 목소리로 물었다.

"올해 희수라 들었는데."

"맞다."

"나이가 들면 말이오, 그 나이에 걸맞게 처신하는 것이 아주…… 아주 중요하오. 한데 꼴 같지도 않게, 주제를 모르고 나잇값을 못하는 늙은 것들이 세상에 제법 많다오."

고국려는 성난 표정을 지었다.

두곡상이 경고했다.

—머리를 굴려 날 귀찮게 하지 마라.

고국려에겐 모욕이자 조롱이었다.

"네놈, 보아하니 겨우 쉰줄에 들어선 듯한데, 어른에 대한 예의는 전혀 찾아볼 수가 없구나."

위엄이 어린 질타.

두곡상은 실소했다.

"푸웃."

그는 비웃듯 입을 열었다.

"고국려, 맞소. 내 나이가 좀 어리오. 올해 희수인 그대 눈에 나는 어린애로 보일 것이오. 한데 말이오, 나는 아직도 새벽마다 거시기가 불끈불끈 치솟는다오."

"이!"

"감히 조롱하다니."

당설아는 두곡상을 죽일 듯 쏘아보았다.

고국려의 얼굴이 벌겋게 달아올랐다.

낭유화는 움찔했다. 음담패설이다. 그녀는 말에 감추어진 속내에 두려움을 느꼈다.

두곡상은 낭유화와 당설아를 향해 고개를 돌렸다.

고국려는 다급한 표정을 지으며 급히 일갈했다.

"그들은 건드리지 마라!"

"고국려, 날 귀찮게 하지 마시오. 자칫 당설아와 평생을 함께한 측근이 몸을 버리게 되오. 아시겠소?"

으득.

고국려는 이를 갈며 두곡상을 성난 눈초리로 바라보았다.

두곡상은 돌아서며 말했다.

"구, 아."

도총섭과 모후곤은 두곡상을 향해 시선을 돌렸다.

"네, 환왕."

"이후 계집들이 성가시게 한다면……."

두곡상은 말을 멈추고는 고국려를 흘깃거렸다.

"헉!"

고국려는 두려움에 찬 외마디를 삼켰다. 몹시 불안해하는 모습이었다.

그런 가운데 그녀의 귀로 두곡상의 말이 들렸다.

"고국려가 지켜보는 가운데 두 계집을 간살해라."

"명!"

도총섭과 모후곤은 짤막하게 대답했다.

두 사람은 고개를 돌려 당설아와 낭유화를 힐긋 흘겨보았다.

음흉한 눈초리였다.

"흑."

"……."

당설아와 낭유화는 움츠렸다. 안색이 어두워졌다.

도총섭과 모후곤은 그 모습에 히죽 웃었다.

고국려는 분노로 파르르 떨었다. 그 모습이 나이가 희수에 이른 노고(老姑) 같지가 않았다.

이경(二更) 무렵.

한참 밤이 깊은 야심한 시각에 당군랑은 맞은편에 앉아 있는 전옥인에게 연방 고함쳤다.

"가야 하오!"

전옥인은 태연하게 거절했다.

"내가 왜 간단 말이오. 가면 십중팔구 죽을 것이 빤한데 말이오."

"당신이 가지 않으면 노대부인께서 위험해지시오."

"풋, 그게 나와 무슨 상관이오. 그대들 당가가 알아서 해야 할 일이 아니오. 잊지 마시오. 나는 그대들이 보호해 준다 하여 이미 대가를 건넸소. 아시겠소? 대가를 받았으면 그에 합당한 조치를 취하란 말이오."

전옥인은 언성을 높이며 당군랑의 말을 거부했다.

그도 그럴 것이, 가면 죽는데 어떻게 가겠는가.

당군랑은 전옥인이 가지 않으려 하는 이유를 잘 알고 있었다. 하지만 강제로 끌고서라도 데리고 가야 했다. 고국려가 인질로 잡혔다. 당설아까지 말이다.

"그대와 약속한 것은 맞소. 하지만 그 약속을 이제는 지킬 수 없게 되었소. 만약 스스로 가지 않겠다면 강제로라도 끌고 갈 수밖에 없소. 알겠소? 질질 끌려가고 싶지 않으면 따라나서시오."

전옥인은 당군랑의 말에 화가 나 앉은 자리에서 벌떡 일어났다.

그는 양 손바닥으로 탁자를 강하게 내려쳤다.

타앙!

전옥인은 얼굴을 와락 일그러뜨리며 오른손 검지를 들어 당군랑을 가리켰다.

그는 방이 쩌렁쩌렁 울릴 정도로 외쳤다.

"대가를 받았으면 약속을 지켜! 날 보호해 준다고 했으면 그 말대로 하란 말이야! 나더러 제 발로 죽을 자리로 가라고 강요 따윈 하지 말란 말이야!"

막말.

척 봐도 살고자 발악하는 모습이었다.

순간, 당군랑은 뭐 씹은 표정을 지었다.

전옥인은 그보다 어리다. 하지만 그렇다고 무시할 수도 없었다. 장보도를 수중에 넣은 당가로서는 쉬이 어떻게 하기가 어려운 상황이었다.

전옥인이 입을 다물며 장보도는 무용지물인 까닭이다. 하지만 그를 청양궁으로 데려가지 않으면 고국려가 죽는다.

당군랑은 자리에서 일어나며 우렁차게 말했다.

"정녕 가지 않겠다, 이거냐?"

막말에는 막말로 나갈 수밖에 없다.

전옥인은 눈썹을 치켜세우며 일갈했다.

"대가를 받아 처먹었으면 그 값어치만큼 처신해. 당가가 이처럼 신의없고 대가만 받아 챙기는 가문인 줄 알았다면 결코 도움을 청하는 일 따윈 없었어."

"이놈이!"

당군랑은 피가 거꾸로 솟았다.

보자보자 하니까 도저히 더는 들어줄 수 없는 전옥인의 행태다. 그는 재빨리 전옥인에게 다가가 주먹 쥔 오른손을 들어 올렸다.

휘잇.

주먹이 전옥인의 얼굴을 향해 날았다.

퍼억!

전옥인은 뒤쪽으로 나가떨어졌다.

"으악!"

당군랑은 방바닥에 쓰러진 전옥인을 향해 소리쳤다.

"네놈이 백모님과 교환할 대상이 아니었다면 내 당장 이 자리에서 네놈을 쳐 죽였을 것이다!"

당군랑은 고개를 뒤돌려 고성을 질렀다.

"밖에 있으면 들어오시오!"

기다렸다는 듯 이내 문이 들리며 네 남녀가 걸어 들어왔다.

임유성, 양우진, 방일수, 보미랑.

당군랑은 그들을 향해 말했다.

"끌고 나가시오. 지금 곧 성도로 되돌아가야 하오."

양우진은 말없이 고개를 끄덕였다. 그는 고개를 돌려 방일수와 임유성에게 턱짓을 했다.

임유성은 눈살을 찌푸렸다. 자신이 누구를 호위하는지 얼마 전에 양우진을 통해 전해 들은 터였다.

"형님—!"

그는 양우진을 향해 고함치며 무척 화를 냈다.

양우진은 입맛을 다시며 미안해했다.

"쩝, 모르는 게 약인 것 같아 속였다. 미안하게 됐어."

"이!"

이미 엎질러진 물이라 어쩔 도리가 없었다.

임유성은 내심 한숨을 쉬었다.

'휴우!'

악연도 이런 악연이 없다.

임유성은 방일수와 함께 무표정한 얼굴로 쓰러진 전옥인

을 향해 다가갔다.

전옥인은 그사이 몸을 일으키며 성난 눈초리로 당군랑을 노려보았다.

부드득.

전옥인은 이를 갈며 분노에 찬 눈빛을 띠었다. 그는 참담한 표정을 지으며 일갈했다.

"두고 보자! 내 당가가 나에게 한 짓을 결코 잊지 않을 것이니!"

당군랑은 얼굴에 옅은 가책을 띠었다. 양심이 적잖게 찔리는 눈치였다.

임유성과 방일수는 전옥인의 곁에 이르러 좌우에서 두 팔을 잡았다. 그러고는 전옥인을 방밖으로 끌고 갔다.

전옥인은 이제 어쩔 수 없다는 것을 아는 듯 다소 체념한 모습이었다.

양우진은 전옥인이 밖으로 끌려 나가는 모습을 물끄러미 지켜보았다.

별다른 저항이 없는 자포자기의 감정이 엿보였다. 그는 고개를 돌려 당군랑을 쳐다보았다.

당군랑은 움칫했다.

양우진의 시선에 부끄럽고 창피한 감정이 일었다. 왠지 모르게 양우진의 눈을 똑바로 바라볼 수 없었다.

양우진은 낮은 목소리로 물었다.

"상황이 최악이오?"

"묻지 마시오. 우리 당가 내부의 일이니."

"……."

양우진은 입을 다물었다.

당군랑은 외인에게 말할 수 없다는 속내를 넌지시 내비쳤다.

그는 돌아서며 양우진의 곁을 스쳐 지나가며 짧게 말했다.

"채비하시오. 최대한 빨리 성도로 가야 하오."

"알겠소."

양우진은 보미랑을 쳐다보았다.

"서두르는 게 좋겠어."

"알았어요, 조장."

보미랑은 대답과 함께 서둘러 방문을 향해 뛰었다.

양우진은 방을 힐끗 흘겨보며 나지막하게 중얼거렸다.

"뭘까, 그 대가라는 것이."

양우진은 궁금한 얼굴빛을 띠며 천천히 문을 향해 걸음을 떼었다.

달리 오경(五更)이라 부르는 인시(寅時).

청양궁의 넓은 뜰에는 수많은 이들이 발 디딜 틈도 없이 모여 웅성거렸다.

반 시진만 더 지나면 일출이다.

그들은 너나 할 것 없이 손에 각종 병기를 들었다. 얼굴에는 긴장감과 불안, 그리고 염려의 감정들이 가득했다.

모두의 시선은 오층탑을 향하며 움직일 줄 몰랐다.

맨 앞쪽, 선두에는 당무곡과 전옥인이 나란히 서 있었다.

두 사람의 뒤편에는 당가의 최정예 무사들이 도열했다.

당가삼수와 당가삼독, 그리고 당군선을 비롯한 수뇌들.

임유성과 양우진의 일행은 수뇌들 뒤에 서서 오층탑을 바라보았다.

"음……."

양우진은 침음을 흘리며 곤혹스러운 눈빛을 띠었다. 그는 탑의 요모조모를 예의주시하며 살폈다.

약 십여 장, 나무로 만든 목조탑이다.

허공을 향해 휘어진 다섯 개의 기와 처마가 올라갈수록 작아지는 모습이 색다른 운치를 주었다.

임유성은 왼쪽으로 고개를 돌려 양우진을 쳐다보았다.

"형님, 형님의 경공이면 수월히 올라갈 수 있겠지요?"

양우진은 임유성을 힐끔 흘겨보며 눈빛을 반짝였다.

그런 뒤 그는 다시 탑을 보며 낮은 목소리로 말했다.

"가능해. 저 처마를 발판 삼아 경공을 시전한다면 충분히 오층까지 올라갈 수 있어. 문제는 오층에 있는 자들의 수가 얼마냐 하는 거야. 그놈들이 내가 경공으로 올라가는 걸 가만히 지켜만 보지는 않을 거야. 날 보자마자 당장 공격해 올 게 빤해. 그럼 허공에 떠 있는 상태에서 공격을 막아야 하는데, 어려워."

임유성은 시선을 탑으로 돌리며 중얼거렸다.

"누군가가 형님보다 먼저 올라가 그들의 주위를 끈다면 그사이 경공으로 올라가실 수 있지 않습니까?"

양우진은 피식 실소했다.

"당가의 일인데 왜 끼어들려고 그래?"

"쩝, 나이 드신 분을 인질로 잡고 이따위 짓을 하는 놈들이 영 못마땅해서 말입니다. 그리고 십중팔구 그놈들 외에 이런 짓을 할 놈들도 없지 않습니까?"

"천존부라…… 대단한 놈들이긴 해. 당가에 간자를 들여보내질 않나, 당가의 노대부인을 인질로 잡지를 않나. 그놈들 용의주도한 거 하나는 알아줘야 해. 만약의 경우를 예상해 오래전부터 차근차근 준비를 해 뒀어. 그 때문에 지금 꼼짝없이 당하는 거지만."

양우진은 경탄의 눈빛을 띠었다.

언제 써 먹을 수 있을지 그 누구도 확신하지 못할 포석을 깔았다. 그리고 마치 기다렸다는 듯이 포석을 적극 이용했다.

실로 놀라운 안배였다.

당가는 그 안배에 완벽하게 걸려들었다.

양우진은 고개를 돌려 임유성을 보았다.

"한 번 해 볼까? 당가 놈들이 알면 방방 뛰겠지만, 이참에 조 노야와 태룡 형님 복수도 할 겸해서 말이야."

임유성은 의미심장한 흐릿한 미소를 지으며 눈매를 반짝였다.

"제가 나서려고 하는 것도 실은 그 때문입니다. 놈들이 공을 들인 일을 깨뜨려 한 방 먹여 주고 싶습니다. 그리고 나이 지긋하신 분은 함부로 대하는 것이 아니라는 것도 보여 주고 싶고, 전날 그들에게 죽은 삼련 누님과 여낭인들의 피 값도 받아 낼 겸해서 말입니다."

방일수와 보미랑은 임유성과 양우진의 대화에 움찔했다.

"조장, 행여 일을 그르쳤다간 당가에서 우리를 찢어 죽이려고 할 겁니다."

"맞아요. 자칫 누군가가 죽기라도 한다면……."

두 남녀는 불안한 표정을 지었다.

양우진은 웃으며 고개를 뒤돌려 방일수와 보미랑을 보았다.

"그럴 리는 없을걸? 나와 유성이가 손을 맞춘 이상 못 해낼 일은 없어. 후후, 안 그러냐, 유성아?"

양우진은 임유성을 쳐다보았다.

임유성은 실소하며 자신만만한 표정을 지었다.

"그렇지요."

"그럼 그렇고말고, 우리 둘이 힘을 합치면 무적이지, 저깟 놈들 쯤이야, 한주먹감도 안 되지."

하지만 방일수와 보미랑은 양우진을 보며 마음속으로 중

얼거렸다.

'터무니없는 자신감이야.'

'무모해. 너무 무모한 일이야.'

두 남녀는 양우진과 임유성이 전날 생사의 경계를 넘나드는 속사정을 알지 못했다.

양우진과 임유성은 생사를 넘나들며 일심동체가 되었다.

그랬기에 자신이 있었다.

두 사람은 합공에 있어 호흡이 착착 맞았고, 경험도 충분히 있었다. 서로 눈빛만 봐도 대충 무슨 생각인지 알아챘다.

양우진과 임유성의 판단으로는 해 볼 만한 일이었다.

양우진은 방일수와 보미랑을 향해 나지막한 목소리로 말했다.

"만약에 일이 생기면 당가의 이목이나 끌어 줘."

그 말에 방일수와 보미랑은 흠칫하더니, 양우진을 말렸다.

"조장, 너무 위험합니다."

"맞아요. 괜히 나섰다가 당가와 험악한 관계가 될지도 몰라요."

양우진은 피식 웃었다.

"그래. 그럼 그때 가서 생각해 보지 뭐. 가자, 유성아."

"예."

임유성은 조용히 대답하며 걸음을 떼는 양우진을 뒤따랐다.

"조장."

방일수와 보미랑은 불안한 얼굴빛을 띠었다.

채 얼마 되지 않아 방일수와 보미랑의 시야에서 양우진과
임유성이 사라졌다.

❖   ❖   ❖

당무곡은 전옥인과 실랑이를 하고 있었다.

전옥인은 빤히 죽을 것을 아는 처지라 강하게 반발했다.

"어떻게 이럴 수가 있습니까, 가주!"

"미안하네. 자네와 한 약속을 지킬 수 없게 되었네."

"가주, 대가만 받고 날 다시 천존부에 팔아넘길 참이시오?"

"어허, 말이 지나치지 않는가? 내가 자네를 이리하고 싶
어 하는가? 모친께서 붙잡혀 계시니 나로서도 어쩔 도리가
없어 이러는 것이 아닌가?"

당무곡은 눈썹을 치켜세우며 옅은 노기를 띠었다.

전옥인은 아랑곳하지 않았다.

당무곡이 화가 나 있든 아니든, 중요한 것은 자신이 사느
냐 죽느냐 하는 것이다.

"가주, 당가가 입에 달면 삼키고 쓰면 뱉는 가문일 줄은
내 몰랐소이다."

"말조심하게. 알겠는가?"

전옥인은 주변이 떠나가라 고래고래 소리쳤다.

"훗, 삼가라고요! 마교의 유산이 묻힌 장보도를 손에 넣
고, 이제는 날 죽여 입막음을 하려 하면서 그런 말이 나옵

니까?"

순간, 주변에 서 있는 모든 이들이 흠칫했다.

다들 전옥인의 말을 듣고 웅성거리기 시작했다.

"저게 다 무슨 말이야? 마교의 유적이라니?"

"장보도라고 하는 것 같은데?"

"혹시 당가가 마교의 유산이 묻힌 장보도를 가지고 있는 건가?"

당무곡과 당가의 수뇌들은 당황했다.

전옥인이 설마 고함을 지르며 장보도를 언급할 줄은 미처 몰랐다.

그들의 귀에 주변에 서 있는 이들의 웅성거림이 계속 들려왔다.

"뜬금없이 무슨 소리야?"

"당가가 마교의 유적을 표시한 장보도를 가졌다고?"

모두의 관심과 이목이 한순간에 당무곡과 전옥인에게 모였다.

당무곡은 얼굴을 일그러뜨렸다. 그러고는 분노에 가득 찬 눈으로 전옥인을 노려보았다.

"이익!"

때려 죽이고 싶었다. 하지만 그럴 수가 없다. 모친과 맞바꿔야 했다.

전옥인은 내심 회심의 미소를 지었다.

일련의 계획이 순조롭게 이루어지고 있었다. 그는 당무곡과 수뇌들이 당황하는 틈을 노렸다. 그런 뒤 사방을 둘러보며 목이 쉬어라 외쳤다.

"나는 마교의 무공과 기진이보가 숨겨진 장보도를 지니고 있었소! 하지만 날 보호해 주겠다는 당가의 꾐에 넘어가 장보도를 넘겨주고 말았소! 당가는 장보도를 얻고도 나를 이제 죽이려고 하오! 지금 나에게 남은 장보도를 주면 목숨을 살려 주겠다고 협박하였소이다! 인질 따윈 애초부터 없었소! 이 모든 것은 당가가 꾸민 계책이외다!"

전옥인은 진실에다 거짓을 적당히 뒤섞었다. 그의 외침에 모여 있는 사람들이 동요하기 시작했다.

전옥인은 자신이 살고자 당가에게 터무니없는 거짓을 뒤집어씌웠다.

일단은 살고 봐야 하니 말이다.

당무곡은 대경실색하며 급히 소리쳤다.

"빨리 놈의 입을 막아라!"

당군병과 당군랑이 급히 전옥인에게 다가가 그를 점혈했다. 사람들은 그 모습을 보고는 시끌벅적하게 말을 쏟아 냈다.

"마교의 무공과 기진이보를 숨겨 둔 장보도라고?"

"그 장보도라는 것이 당가에 있단 말이오?"

"이게 다 당가가 꾸민 짓이라고?"

다들 긴가민가했다. 그들은 일제히 당무곡과 수뇌들을 바라보았다.

당무곡은 황급히 고개를 돌려 사방을 향해 말했다.

"거짓이외다! 지금 이자가 모친과 맞바꾸어지면 자신이 죽을까 봐 거짓말을 한 것이외다!"

당군선은 두 눈을 질끈 감았다.

'처음부터 전옥인의 입을 막았어야 했다. 아혈을 짚어 뒀어야 했는데.'

하나 이미 엎질러진 물이었다.

고국려가 잡힌 참변에 당가는 경황이 없었다.

모든 것이 다급하고 급했다.

전옥인이 순순히 당가의 뜻에 따르지 않을 것이라는 걸 감안했어야 했다. 그런데 그러지 못했다.

분명 거짓임에도 장보도라는 것에 사람들은 의문을 품었다. 시간이 흐르면 당가에 매우 불리한 국면이 벌어질 것이다.

환왕, 두곡상은 울려 퍼지는 전옥인의 외침을 듣고 흡족한 미소를 머금었다.

'푸하하하! 아주 잘해 주고 있다, 전옥인. 그래, 그렇게 모든 상황을 당가에 부정적인 방향으로 몰고 가는 것이다. 으하하하하!'

두곡상은 심중 대소를 터뜨렸다.

머릿속에서 그가 사천으로 움직이기 전에 만났던 찰람원주 사수붕의 말이 떠올랐다.

"환왕 어르신, 고육지계는 전옥인이 자연스럽게 무림맹으로 가도록 함과 동시에 당가를 사천에서 고립시키기 위한 계책입니다. 사천무림을 사분오열로 갈라 놓아야 합니다. 그 때문에 무리하게 오래전 사천에 잠입시켜 두었던 간자와 비선(秘線)들을 희생시켰습니다. 모든 상황이 제 생각대로 진행된다면 당가는 어쩔 수 없이 전옥인을 무림맹으로 보내야 합니다. 또한 강호에 장보도의 존재를 흘리며, 무림맹에 장보도가 진짜라는 확신을 주어야 합니다. 그것은 곧 두 번째 계책인 혼수모어(混水摸魚)로 이어집니다. 일단 물을 흙탕물로 만들어 한 치 앞이 보이지 않게 해야 함을 유념해 주십시오."

두곡상은 득의만면한 표정을 지었다.

비록 몇몇 희생이 있었으나, 그리고 앞으로도 있을 테지만, 그 대신 사수붕의 계략은 착착 진행이 될 것이다.

"으하하하하—!"

두곡상은 고개를 들고 파안대소했다.

도총섭과 모후곤은 두곡상을 보며 안색을 흐렸다.

침중한 얼굴이었다.

두곡상의 웃음은 일이 계획대로 잘 진행이 되고 있음을 말해 주었다. 그리고 그 말인즉, 두 사람이 죽을 때가 가까워졌음을 알리는 것이었다. 그러니 자연 안색이 좋을 리가 없었다.

고국려와 당설아, 그리고 낭유화는 의아한 얼굴빛을 띠었다.

세 여인은 알 수 없다는 의문의 눈빛을 띠며 궁금하다는
표정을 지었다.

임유성과 양우진은 은밀히 탑의 뒤쪽으로 움직였다. 당가
의 무사들이 엄중하게 에워싼 모습이 보였다.

두 사람은 머리를 맞대고 나직이 대화했다.

"형님, 일단은 제가 먼저 저쪽 좌측에서 올라가겠습니다.
형님은 저기 우측에서 올라오십시오."

"조심해야 한다. 서로 손발이 안 맞으면 둘 다 끝장이다.
네가 놈들의 공격을 유도하는 사이, 나는 오층탑으로 들어
가겠다. 노파심에 말하는데, 공중에 떠 있는 상태에서는 적
의 공격에 무방비로 노출된다. 그걸 십분 감안해라. 만약
공격을 받으면 재빨리 천근추로 밑으로 몸을 떨어뜨려라.
그 후에 다시 올라라. 그사이 내가 최선을 다해 놈들을 막
을 테니. 알겠지?"

"예."

"절대 무리하지 마라."

"알겠습니다. 그럼."

임유성은 말과 함께 왼쪽으로 돌아서며 경공을 펼쳤다.

휘이익.

그의 움직임에 당가의 무사들이 깜짝 놀랐다.

"웬 놈이냐?"

"멈춰라!"

임유성은 파혈도를 빼 들며 무지개가 연상되는 포물선을 그렸다.

슈우우욱.

그는 제일 아래에 있는 처마를 밟았다. 그러고는 쏜살같이 일직선으로 치솟았다.

당가 무사들은 그 광경에 소리쳤다.

"누군가 탑에 올랐다!"

"멈춰라!"

무사들은 허둥지둥 움직였다.

한편, 양우진은 소란을 틈타 우측으로 움직였다. 그는 경공으로 날아오르며 눈매를 번쩍였다.

탑 오층.

환왕 두곡상은 귀를 쫑긋거렸다. 그의 귀로 들려오는 바람소리 속에 낮은 파공음이 섞여 있었다. 그리고 빠르게 올라오는 기가 느껴졌다.

'훗, 이제 오는 건가? 그런데 당가에 이 정도의 경공을 시전하는 고수가 둘이나 있었나?'

두곡상은 임유성과 양우진의 기를 동시에 감지했다. 그는 눈을 반짝이며 생각했다.

본래 계획대로 고국려를 비롯한 세 여인은 구출되어야 한다. 그와 함께 당가로 하여금 천신만고 끝에 세 여인을 구했다는 상념을 심어 주기 위해 도총섭과 모후곤은 희생되어야 했다.

한데 의외의 일이 생겼다.

소수 정예의 무리로 공격해 올 줄 알았는데, 겨우 두 명이 움직였다. 게다가 경공이 상당했다.

당가는 독과 암기로 강호에 이름을 날린 무림세가다.

경공은 그리 보아줄 것이 없다. 그런데 지금 빠르게 올라오는 두 기의 소유자는 경공 고수 같았다. 분명 당가의 사람은 아닐 것이다.

'누가 당가를 도와주려는 것인가?'

두곡상은 눈동자를 빛내며 왼손에 든 검집에서 검을 빼들었다.

스르렁.

그는 도총섭과 모후곤에게 말했다.

"준비해라."

도총섭과 모후곤은 움찔하더니, 각자 소지한 검을 뽑았다.

이제 가야 할 때다.

그때, 오층의 두 기둥 사이에 있는 허공으로 불쑥 임유성이 솟구쳤다.

7장

"놈!"

두곡상은 손에 든 검을 임유성에게 휘둘렀다. 이어 날카로운 검세가 뻗어 나갔다.

쉬이이잇.

세 여인의 시선이 임유성에게 향하며 절로 다급한 비명성이 튀어나왔다.

"아악!"

"흑!"

그 순간, 임유성은 이채를 반짝였다. 그의 시야에 맞은편에서 양우진의 머리가 올라오는 것이 보였다.

임유성은 파혈도를 뒤로 내쳤다.

후화아앙.

거센 도세가 일어나며 공중으로 뻗었다.

임유성은 그 힘을 빌려 탑으로 움직였다.

검세는 어느새 그의 가슴 지척에 이르렀다.

오른발이 막 탑에 닿는 순간, 임유서은 왼손을 옆으로 내밀었다.

콰악.

약 한 자 어림의 나무 기둥에 왼손이 깊이 박혔다.

임유성은 왼손에 체중을 실으며 신형을 좌로 젖혔다.

쉬아아앙.

검세가 아슬아슬하게 스쳐 지나갔다.

"크으으……"

상의가 잘리며 가슴에 옅은 검흔이 나타났다.

붉은 핏줄기가 흘러내렸다.

임유성의 신형이 대롱대롱 흔들렸다. 기둥이 아니었으면 그대로 튕겨 나갔을 것이다.

두곡상은 어이없다는 얼굴로 임유성을 보았다.

임기응변이 기가 막혔다. 그 와중에 좌측에 자리한 기둥을 움켜잡을 줄이야.

그때, 양우진이 오층으로 들어서며 손에 든 검을 뿌렸다. 검기가 도총섭과 모후곤에게 짓쳐들었다.

슈아아앗.

빨랐다.

검기가 단숨에 공간을 베었다.

도총섭은 가슴을 스치는 검가에 단말마를 삼켰다.

"헉!"

모후곤은 좌측 어깨를 긋는 검기에 비틀거렸다.

"끄아악!"

두곡상은 급히 돌아섰다. 그는 양우진을 향해 노성을 터뜨렸다.

"이놈!"

두곡상은 양우진에게 몸을 날리려고 했다. 하지만 그 순간, 무지막지한 도세가 짓쳐들었다.

콰아아아!

두곡상은 두 눈을 부릅떴다. 그제야 임유성이 떠올랐다.

"망할."

두곡상은 뒤돌아서며 검을 떨쳤다.

후아아앙!

검세가 일어나며 도세와 충돌했다.

카라랑!

검세와 도세가 서로 어울렸다.

도세는 뒤늦게 시전된 검세를 튕겼다. 그러고는 두곡상에게 짓쳐들었다.

두곡상은 헛바람을 들이켰다.

"흐윽!"

그는 좌측으로 피했다. 그 순간, 뜻하지 않은 공교로운 일이 생겼다.

모후곤의 뒤쪽에 두곡상이 있었다. 그런데 두곡상이 피해 버렸다.

자연 도세는 모후곤의 등을 맹타했다.

콰앙!

모후곤은 고통이 가득한 비명을 질렀다.

"크아아악!"

그은 눈 깜빡할 사이에 양단되었다. 바닥으로 양단된 그의 몸이 떨어졌다.

붉은 피 안개가 좌악 퍼졌다.

임유성은 두곡상의 정면으로 재차 파고들었다. 파혈도가 두곡상의 좌측 허리로 짓쳐들었다.

팔방풍우(八方風雨), 진(震).

두곡상은 검으로 파혈도를 막았다. 한 줄기 힘찬 소리가 울렸다.

채애앵!

두곡상은 재빨리 검을 움직였다.

파혈도와 부딪친 힘을 이용해 임유성의 머리를 내려쳤다.

당설아는 그 모습에 자지러지듯 소리쳤다.

"까아악! 조심해요!"

검세가 사뭇 대단했다.

더욱이 마음에 둔 상대가 위험에 처했으니, 그럴 법도 하지만.

고국려는 눈빛을 반짝였다. 당설아의 모습이 이상했다.

낭유화는 당설아를 쳐다보았다. 그녀의 눈에 안절부절못 하지 못하는 당설하가 보였다.

'설마.'

낭유화는 임유성에게 고개를 돌렸다.

임유성은 그사이 미봉만환보(彌縫漫?寶)로 두곡상의 왼 쪽으로 빠졌다.

다수의 잔상이 빠르게 나타났다. 잔상은 두곡상의 시야를 어지럽혔다.

두곡상은 놀란 얼굴빛을 띠며 단말마를 삼켰다.

"헉!"

예상하지 못한 수법이다.

그는 검을 거두어들이며 서너 걸음 뒤로 물러섰다.

양우진은 도총섭을 가지고 놀았다.

마치 여섯 자루의 검이 동시에 도총섭을 찔러 가는 것 같 았다.

도총섭은 황급히 검을 들어 여섯 자루의 검을 막았다.

채채채챙!

하지만 그의 무위로 모두 다 막을 수는 없었다.

미처 막지 못한 두 검날이 도총성의 방어를 뚫고 쇄도했 다.

좌측 허리와 우측 허벅지가 위험에 노출되었다.

"아아악!"

도총섭은 살을 찢으며 파고드는 고통에 비틀거렸다.

그때였다.

검광이 일직선으로 공간을 가로질렀다.

번쩍.

도총섭은 차디찬 검날이 목을 스치는 것을 느꼈다. 진홍 빛 붉은 핏줄기가 튀었다.

도총섭은 비틀거리며 고개를 숙였다. 그의 입술 사이에서 가래가 끓는 작은 소리가 흘러나왔다.

"끄르르……."

양우진은 차가운 눈빛을 희번덕였다. 그는 주저없이 검으로 도총섭의 머리를 내리그었다.

스각.

도총섭은 맥없이 앞으로 꼬꾸라지며 바닥에 쓰러졌다.

털썩.

그런 뒤 양우진은 고개를 돌려 두곡상과 싸우는 임유성을 일별했다.

그는 곧 안심한 듯 몸을 돌려 세 여인에게 다가갔다.

임유성은 파혈도로 허공을 빠르게 갈랐다. 서너 개의 도 광이 번쩍였다.

파혈도는 두곡상을 향해 거침없이 파고들었다.

좌측 어깨, 가슴, 우측 옆구리 등.

두곡상은 차분한 눈빛을 띠며 파혈도를 막았다. 그의 검이 파혈도가 나아가는 도로를 중간에서 차단했다.

검과 도가 서로 부딪치는 소리가 나직이 울렸다.

채, 채, 챙!

임유성은 두곡상에게서 시선을 떼지 못했다. 파혈도와 검이 부딪치며 손목으로 충격이 흘러들었다.

'고수!'

임유성은 두곡상이 자신보다 고수임을 알아챘다. 처음에 잡은 기습의 이점은 시간이 흐르며 사라졌다.

두곡상은 침착하게 파혈도에 대응했다. 한순간, 그의 눈빛이 반짝였다.

그는 재빨리 검을 올려쳤다.

슈팟.

검광이 번쩍였다 사라졌다.

동시에 눈부신 빠르기의 쾌검이 임유성의 배를 스쳤다.

스아앗.

두곡상의 검날에 옷자락이 잘리고 살갗이 베이며 고통이 느껴졌다.

"크으윽!"

임유성은 두곡상을 노려보며 퇴일보(退一步)했다.

두곡상은 웃으며 임유성에게 짓쳐들었다. 그의 눈매에서 싸늘한 빛이 번쩍였다.

독사가 쥐를 대하는 것 같은 모습.

두곡상은 임유성의 왼쪽 가슴으로 주저없이 검을 뻗었다.

씨이이잇.

날카로운 검세가 파고들었다.

그 순간, 두곡상은 대경실색했다. 그는 두 눈동자를 부릅떴다.

"흐헉!"

시야에 임유성의 배에 난 검상이 빠르게 사라지는 것이 보였다.

스르륵.

검상은 언제 생겼느냐는 듯 금세 아물었다.

살갗이 깨끗했다.

두곡상은 너무나 황당한 일을 접하자 순간 멈칫거렸다.

임유성은 그 틈을 타 두곡상의 우측 어깨를 파혈도로 내려쳤다.

파혈도는 무지막지한 기세로 떨어졌다.

부와아악.

막 파혈도가 두곡상의 어깨에 닿는 순간이었다. 그의 신형이 급속히 흐릿해지더니 시야에서 사라졌다.

임유성은 두 눈을 치뜨며 당황하는 눈빛을 띠었다. 뜻밖이었다.

사르르르— 팟.

파혈도는 허무하게 바닥을 때렸다.

꽈앙!

임유성은 깜짝 놀라며 급히 사방을 두리번거렸다.

양우진은 세 여인을 풀어 주고 있었다. 그는 임유성에게
고개를 돌렸다.

　양우진은 임유성이 당황하는 모습을 보고 일갈했다.

　"환법이다, 유성아! 고도의 은신 술법이야! 적은 내 곁에
있……."

　양우진은 말을 멈췄다. 순간, 그의 눈에 두곡상이 임유성
의 오른쪽에서 나타나는 모습이 보였다.

　"오른……."

　양우진은 경고해 주려고 했으나 늦었다.

　검광이 희번덕였다.

　번쩍!

　임유성은 오른쪽 어깨에서 이는 화끈한 느낌에 신음을 흘
렸다.

　"크흑!"

　그는 비틀거렸다.

　"젠―장!"

　임유성은 짜증스런 외침을 길게 내뱉었다. 그러고는 황급
히 사방을 둘러보았다. 하나 두곡상의 모습은 여전히 찾을
수 없었다.

　당설아는 임유성이 당하는 모습에 발을 동동 굴렀다.

　"조심해요!"

　고국려와 낭유화는 당설아의 언행에 임유성을 바라보았
다.

양우진은 고국려를 다그쳤다.

"노대부인, 빨리 두 사람과 함께 탑을 내려가십시오. 저는 저 녀석을 도와야겠습니다."

그제야 고국려는 자신들이 양우진과 임유성의 발목을 잡는다는 것을 깨달았다.

그녀는 재빨리 고개를 끄덕였다.

"알겠네."

고국려는 당설아와 낭유화에게 고개를 돌렸다.

"어서 탑을 내려가자꾸나."

"네, 대부인. 제가 모시겠어요."

낭유화는 재빨리 고국려에게 다가갔다. 하지만 당설아는 아니었다. 계속 임유성을 보며 안절부절못했다.

고국려는 그 모습에 낮게 한숨을 내쉬었다.

"휴, 설아야, 네가 이곳에 있으면 두 사람이 마음 편히 싸울 수가 없단다."

당설아는 조모의 말에 고개를 돌렸다. 그녀는 안타까운 목소리로 말했다.

"할머니, 그치만……."

"어여 내려가자. 네가 이곳에 있으면 방해만 될 뿐이다. 알겠니?"

"……."

당설아는 고국려의 말에 대답하지 못했다. 그녀 또한 무공을 익힌 처지라 고국려의 말뜻을 모를 리 없었다.

잠시 후, 세 여인은 서둘러 탑을 내려갔다.

그런 뒤 양우진은 임유성에게 다가가며 외쳤다.

"유성아, 등!"

임유성은 재빨리 돌아섰다.

두 사람은 서로 등을 맞대고 사방을 둘러보았다. 그러고
는 조금씩 원을 그리며 돌았다.

스스슷.

임유성을 주위을 보며 양우진에게 물었다.

"형님, 환법이라는 게 뭡니까?"

양우진은 정면과 좌우를 둘러보며 대답했다.

"본래는 시야를 어지럽혀 상대를 공격하는 수법이다. 한
데 네가 상대하던 그 장년인은 보다 상위의 환법을 쓰는 것
같다. 허공이나 특정 대상에 자신의 몸을 숨기는 듯하다.
이를테면 고도의 은신술이라 할 수 있겠지. 환법 중에서도
상승 공부로 치는 술법이다."

"제기랄, 그런데 형님은 어떻게 아는 겁니까?"

"잊었냐? 내가 화산 속가라는 걸."

양우진은 강호에 관해 상식이 해박하다는 것을 돌려 말했
다.

"위험합니다!"

그때, 임유성이 소리치며 등을 튕겼다.

자연 양우진의 몸이 튀어 나갔다.

휘이익.

두 사람의 머리 위쪽으로 한 줄기 검파(劍波)가 스쳤다.
검파는 공간을 가르며 떨어졌다.

임유성은 두어 걸음을 내디딘 후 돌아서며 파혈도로 천장
을 올려쳤다.

파혈도는 천장을 강하게 타격했다.

꽈아아앙!

천장에서 돌조각과 먼지가 흩날렸다.

우수수.

하나 두곡상은 이미 사라진 후.

임유성은 거친 목소리로 말했다.

"우라질!"

상대하기가 매우 까다로웠다. 상대는 두 사람을 지켜보며
기습 공격을 해 온다. 그런데 두 사람은 두곡상을 전혀 보
지 못하고 있었다.

양우진은 재빨리 임유성에게 몸을 날리며 소리쳤다.

"등!"

임유성은 다시금 양우진과 등을 맞대었다.

"형님."

"왜?"

"이 환법이라는 거, 어떻게 안 됩니까?"

"뚜렷하게 파훼할 방법이 없다. 상대의 기를 느낀다면 몰
라도, 상대가 이 정도로 환법을 구사하는 고수라면 그 자신
의 기쯤은 식은 죽 먹기로 지울 수 있다. 상대의 기를 감지

하지 못하는 이상 서로 등을 맞대고 주위를 경계할 수밖에 달리 길이 없다. 이게 최선이야."

"망할!"

임유성은 부아가 치밀었다.

성질 같아서는 탑 오층 전체를 다 때려부수고 싶었다. 오른쪽 어깨에 입은 검상이 새삼 쓰라렸다. 이미 살갗은 아물었지만 내부 깊숙이 당한 듯 아렸다.

임유성은 도병을 잡은 손에 힘을 주었다.

꾸우욱.

그는 오층이 떠나가라 일갈했다.

"당장 나와라! 비겁하게 숨어 있지 말고 당장 나오란 말이야!"

임유성의 목소리가 쩌렁쩌렁 울렸다.

양우진은 눈살을 찌푸렸다.

"인마, 공연히 힘 빼지 마. 환법을 익힌 고수와 장기전은 필수야."

그때, 한 줄기 낭랑하고 가느다란 목소리가 살며시 들려왔다. 목소리는 메아리치며 공명을 일으켰다. 그 때문에 들려오는 정확한 방향을 가늠할 수 없었다.

"후후후…… 혹, 네놈이 임유성이란 어린 낭인 놈이 아니냐?"

임유성과 양우진은 흠칫했다.

임유성은 재빨리 소리쳤다.

"어떻게 내 이름을 알고 있지?"

"크크큭, 맞는 모양이군. 어떻게 알고 있는지 궁금한가? 흐흐흐…… 비록 암습이라고는 하지만 광왕 전일교를 죽인 네놈을 모른다는 것은 남은 우리들의 도리가 아니지. 크크 큭…… 애송이, 다음에 보자. 그때에는 지금처럼 네놈을 살려 보내지는 않을 테니……."

목소리는 서서히 잦아들며 이윽고 사라졌다.

양우진은 나직한 한숨을 쉬며 안도의 빛을 띠었다.

"휴우."

그는 환왕 두곡상이 사라지는 것에 안심했다.

임유성은 파혈도로 바닥을 내려쳤다.

꽈아앙!

그는 목청이 터져 나가라 소리쳤다.

"다음엔 만나면 네놈의 목을 따 버리고 말 것이다!"

임유성은 내심 별렀다.

양우진의 말을 듣고 암암리에 살인도결을 시전했다. 하지만 그럼에도 두곡상의 기가 전혀 느껴지지가 않았다. 주위에 있는 것이 분명한데 말이다. 어디에 숨어 있는지 정확한 위치를 알 수 없었다.

다행스러운 것은 두곡상이 공격하는 낌새를 알아차릴 수는 있다는 것이었다. 그 덕분에 등을 튕겨 낼 수 있었다.

천장에서 느껴졌던 낌새.

천우신조로 임유성과 양우진은 두곡상의 공격에서 벗어날

수 있었다. 설마하니 머리 위쪽에서 공격해 올 줄은 예상하
지 못했다.

양우진은 무력함에 화를 내는 임유성을 쳐다보았다.

"그쯤 해 둬. 다음번에 기회가 또 있을 테니. 그때까지
이 망할 놈의 환법에 대응할 방법을 찾아보자."

"빌어먹을."

임유성은 변변히 손 한 번 써 보지 못하고 당했다는 생각
에 부아가 치솟았다.

세상은 넓다. 고수는 지천에 깔려 있다.

부단한 노력만이 강자를 상대할 수 있는 첩경이다.

임유성이 걸어가야 할 길은 멀고도 험난하다. 그 길에서
임유성을 기다리는 상대이자 적은 많고도 많았다.

어느새 동이 터 오고 있었다.

일출이 동녘 하늘가를 붉게 물들이듯 그 모습을 드러냈
다. 눈부신 빛을 사방으로 뿌리며 중천을 향해 서서히 떠오
르는 태양.

반짝이는 새벽의 햇살이 청양궁을 비췄다. 수십, 수백은
될 듯한 빛줄기다.

그 빛을 받으며 두 명의 사내가 걸음을 떼었다.

양우진과 임유성은 차분했다.

한데 청양궁 뜰에 가득히 들어서 있는 이들의 분위기가 이상했다.

"뭐야? 왜 박수를 안 쳐? 좀 쳐 줘야 하는 거 아냐?"

양우진은 내심 환호성을 기대한 듯 실망스러운 기색을 띠었다.

임유성은 의문의 눈빛을 띠었다.

당가의 인물들은 그와 양우진을 떨떠름한 눈으로 쳐다보았다.

묘하게도 냉랭한 분위기였다.

당가의 노대부인과 당설아, 그리고 낭유회를 구했다. 응당 기뻐해야 할 일이 아닌가. 한데 기뻐하는 기색이 일절 보이지 않았다.

오히려 잔뜩 침울해하며 긴장감이 엿보이는 모습들이었다.

"대체 왜들?"

양우진은 눈매를 찌푸렸다. 그 또한 주위 분위기가 이상하다는 눈치를 챘다.

"이거, 왜 이래? 내가 무슨 못할 짓을 한 것도 아니고."

양우진은 주위를 둘러보았다.

두 사람은 몰랐다.

탑으로 접근하기 위해 움직인 직후, 전옥인이 외친 목소리가 운집한 사람들에게 던진 파장을.

사람들은 당가의 인물들을 쳐다보며 긴가민가한 눈빛을

띠었다.

대놓고 물어보기에는 부담스러운 사천당가다.

그 가문이 지닌 힘과 무력, 그리고 사천에서 차지하는 위치 등.

나름 염두에 둬야 할 것이 많다.

당설아는 양우진과 임유성이 탑에서 나오자 두 사람에게 다가가려고 했다.

낭유화는 당설아의 오른 손목을 낚아채며 만류했다.

"안 된다."

"낭랑, 놔요. 우리를 구해 준 사람들이잖아요. 최소한 고맙다는 말은 해야죠."

"안 돼."

낭유화는 단호했다. 아예 임유성과 눈도 마주치지 못하게 하겠다는 듯 몸으로 당설아를 가로막았다.

당설아는 화를 냈다.

"낭랑, 지금 뭐 하는 거예요? 어서 빨리 비켜요."

"안 돼. 지금 주위 동정을 살펴봐라, 이 철없는 것아."

"낭랑, 아무리 할머니의 측근이라고 해도 나는 당가의 직계예요."

당설아는 은연중에 그녀가 낭유화보다 신분이 높음을 말했다.

하지만 낭유화는 눈 하나 깜짝하지 않았다. 도리어 매섭게 말했다.

"가주는 날 유모라고 부른다. 알겠니?"

"이익."

별 도리가 없었다.

부친이 공대하는 낭유화다.

한편, 당무곡은 찢어 죽일 듯이 전옥인을 노려보았다.

전옥인의 양옆에는 당군병과 당군랑이 서 있었다.

상황은 당가로서는 매우 안 좋은 형국이었다.

당군선은 재빨리 당무곡에게 고개를 돌렸다.

"가주, 빨리 본 가로 돌아가는 것이 좋겠어요."

"그러자꾸나. 서둘러서 이곳을 떠나자."

"네."

당군선은 대답과 함께 고개를 사방으로 돌리려고 할 때였다.

임유성과 양우진은 그제야 다가온 방일수와 보미랑을 통해 전옥인의 말을 전해 들었다.

두 사람은 얼굴을 찡그리며 인상을 썼다.

양우진은 이제야 모든 것을 알겠다는 듯 말했다.

"그럴 줄 알았어. 그놈에게 뭔가 있으니 당가가 그랬지. 우라질."

양우진은 왠지 모르게 울분이 치솟았다.

당했다는, 뒤통수를 맞은 듯한 더러운 기분이 느껴졌다.

임유성은 양우진을 쳐다보았다.

"형님."

양우진 또한 임유성을 마주 보았다.

방일수와 보미랑 또한 양우진의 시선을 따라 임유성을 보았다.

임유성은 양우진에게 말했다.

"무공 비급과 기진이보가 있다는 말이 사실일까요?"

"풋, 왜? 욕심이 나냐?"

"쩝, 안 난다면 거짓말 아닙니까?"

"아서. 마, 강호에 장보도 같은 것이 좀 많이 나타난 줄 알아? 나타날 때마다 숱한 사람들이 죽어 나갔어. 괜한 욕심 부리지 말고 네놈이 아직 다 익히지 않은 것들이나 마저 익혀. 자식이, 뭔 놈의 무공에 그리도 욕심이 많아."

양우진은 임유성의 눈매에 어린 욕심이란 감정을 보았다.

―강해지기 위해선 뭐든지 한다.

임유성의 결심이자 좌우명이다.

그는 강해진다는 것에 강한 열망을 품고 있었다. 그 탓에 무공 비급에 탐욕을 부렸다.

하지만 양우진은 타일렀다.

과거 강호에 장보도 같은 것이 나타날 때마다 숱한 사람들이 피를 뿌리며 죽어 나간 것을 알기 때문이다. 그래서 그는 임유성을 만류했다.

"섣불리 이상한 마음 먹지 마라. 진짜 있는지 없는지 확인도 되지 않았다. 그리고 그런 물건들은 인연을 따라 흐르게 되어 있으니까 공연히 딴생각하지 않는 게 좋아."

"쩝, 익히면 강해질 것 같은데."

"짜식이, 넌 지금도 충분히 강해."

"그래서 그놈의 환법이라는 것에 애먹었습니까?"

"얼씨구, 논다, 놀아. 네가 살인도결만 확실하게 다 익혀봐. 그 환법이 네놈에게 통하나."

"쩝, 하긴 뭐."

"괜한 욕심 부리지 마라. 자고로 욕심은 패가망신의 지름길이야."

임유성은 아쉬운 눈빛을 띠었다.

'하긴, 우진 형님 말씀도 그리 틀린 것은 아니야. 아직 살인도결도 채 다 익히지 못했으니까.'

양우진은 고개를 돌려 방일수와 보미랑을 보았다.

"움직이자. 여기서 우리가 할 일은 이제 없다."

두 남녀는 고개를 끄덕였다.

"알겠습니다, 조장."

"네."

그사이 당가의 이들이 빠른 속도로 청양궁에서 물러나고 있었다.

잠시 후, 임유성과 양우진의 일행은 당가와 합류했다. 그러고는 당가령으로 향했다.

❖　　　❖　　　❖

엿새가 흘렀다.

당가령으로 숫자 미상의 이들이 슬금슬금 모여들기 시작
했다.

그들의 움직임은 곧 당가의 이목에 걸렸다.

당무곡은 올라온 보고에 골머리를 앓았다.

"내버려 둬라. 그들을 건드려다가 자칫 전옥인 그놈의 말
이 사실이라는 것을 우리 스스로 증명하는 꼴이 될 수도 있
다. 그들이 당가타 경계 내부로 들어온다면 몰라도, 그렇지
않은 이상 모른 척 내버려 둬라."

당무곡은 몹시 못마땅했다.

당가령에 모여들기 시작한 이들은 전옥인의 말에 귀가 솔
깃해진 몇몇 사천무림인들이 틀림없다.

'패 죽일 수도 없고, 그렇다고 마냥 내버려 둘 수도 없고.
육시할.'

당무곡은 끙끙 앓을 수밖에 없었다.

전옥인의 말이 틀렸다고 증명해 보일 수 있는 것이 없었
다. 그렇다고 전옥인을 죽일 수는 더더욱 없다.

당가에 내놓은 장보도는 전옥인이 없으면 무용지물이다.
그런 상황에서 전옥인을 함부로 대할 수는 없다.

당가는 그렇게 인지하지 못하는 사이, 사천무림에서 서서
히 고립되어 갔다.

장보도에 눈이 먼 일부 사천무림 세력들이 알게 모르게 움직였다.

자고로 보물을 가진 것이 죄라고 했던가.

찰람원주 사수봉이 노린 바는 정확하게 맞아떨어졌다.

사천당가를 중심으로 한 사천무림의 결속에 금이 가고 흔들렸다.

전후좌우 약 여덟 장에 이르는 연무장.

한 사내가 경쾌한 몸놀림을 보이고 있었다. 그는 검을 들고 유려한 검로를 그렸다.

부드럽게 공간을 스치다가 일순간 날카롭게 변하는 검세가 일어났다.

검은 허공을 누비며 대기를 갈랐다.

잠시 후, 사내는 자세를 바로 하며 검을 가슴으로 거두어들였다.

"후우우."

사내는 검을 곧게 세운 자세로 섰다. 그러고는 천천히 검을 늘어뜨렸다.

그때, 사내의 뒤쪽에서 발자국 소리가 들렸다.

저벅저벅.

사내는 말없이 미소를 지으며 돌아섰다.

빙긋.

다가오는 이를 눈치챈 듯한 얼굴이다.

사내의 눈에 빠르게 걸어오는 다른 사내가 보였다. 대여섯 살 연상으로 보였다.

다른 사내는 그에게 다다른 후 고개를 숙였다.

"죄송합니다, 주인님. 연무를 방해하게 되었습니다."

"쯧쯧, 고륭. 그런 말 하지 말라고 내 몇 번을 말했나?"

"어인 말씀을……."

사내는 송구하다는 기색을 띠었다.

마주 보고 선 사내는 눈살을 찡그렸다.

"절명낙혼(絕命落魂) 좌고륭. 자네는 더 이상 과거의 자네가 아닐세. 당당하게 어깨를 펴게. 자네는 무림맹 무상부의 주인인 나, 남궁후의 수신호위일세."

좌고륭은 곤혹스러운 얼굴빛을 띠었다. 그는 남궁후를 향해 낭랑한 목소리로 말했다.

"주인님, 저는 남궁가의 종복입니다. 어찌 종복이……."

남궁후는 좌고륭을 보며 눈매를 번쩍였다. 이어 웅혼한 목소리로 말했다.

"자네가 내 종복을 자처하며 날 주인이라 부르는 것은 곧 다른 이들이 날 업신여기도록 만드는 걸세."

"아닙니다. 제가 어떻게 그런 짓을 하겠습니까?"

"고륭, 나는 무림맹의 무상이자 맹주이신 중천검학(中天劍學) 초묵천 님의 기명제자일세. 자네가 스스로를 낮추면 내가 어떻게 될 것 같은가? 자네가 스스로를 높여야 자네가 섬기는 나 또한 위상이 올라감을 어찌 몰라."

"……."

"이후에 날 주인님이라 불렀다가는 두 번 다시 자네를 보지 않을 걸세. 알겠는가?"

"죄송합니다. 주…… 아니, 무상."

남궁후는 잔잔한 미소를 머금었다.

좌고륭은 남궁후를 보며 내심 중얼거렸다.

'감사합니다, 주인님.'

남궁후.

창궁검후(蒼穹劍侯)라 불리는 그는 올해 나이 서른.

강호오대세가의 수장 가문인 동시에 영원한 검왕의 가문 남궁세가.

그는 그런 남궁세가의 소가주였다. 또한 당대 무림맹주 중천검학 초묵천의 기명 제자이기도 했다. 그 덕분에 강호 신진 고수들의 부러움과 강호 여협들의 흠모를 한 몸에 받았다.

남궁후는 좌고륭에게 물었다.

"한데 무슨 일인가, 이 시각에 연무장으로 다 찾아오고."

"네, 그것이 사천에서 묘한 일이 일어나 맹주께서 이것을……."

좌고륭은 품속에서 서신을 꺼내었다.

남궁후는 좌고륭에게 검을 내밀며, 그가 건네는 서신을 받았다. 그러고는 펼쳐 말없이 읽어 내려갔다.

잠시 후, 남궁후는 서신을 다 읽고는 좌고륭을 쳐다보며 눈살을 찌푸렸다.

"확인되지 않은 일로……."

남궁후는 서신을 구기며 싫은 기색을 띠었다.

좌고룡은 그런 남궁후를 향해 염려스러운 목소리로 말했다.

"무상, 맹주님과 좌우 두 봉공께서 명하신 일입니다."

"세 분이 명하셨다면 어쩔 수 없겠지. 그럼 당가로 연락은 하였는가?"

"예. 이미 맹주님의 명의로 전서구가 갔습니다. 또한 지금쯤이면 청성파에서 홍하 도장이 십여 명의 천풍수(天風手)를 대동하고 당가로 향하고 있을 것입니다."

남궁후는 걱정스러운 표정을 지었다.

"왜 하필이면 청성인가?"

"가장 가까이에 위치해 있지 않습니까?"

"그렇긴 하나 당대의 사천당가가 사천성을 확실하게 틀어쥐고 있는 탓에 청성과 아미의 속가가 전혀 힘을 쓰지 못하고 있네. 그 탓에 아미와 청성이 당가를 눈엣가시처럼 생각하고 있다는 것을 모르지는 않겠지?"

"하지만 세 분께서 청성 장문인 홍옥 도장에게 일부러 서신을 보내 부탁하신 일입니다."

"골치 아프게 되었군. 한데 이상하지 않은가. 사부님이나 좌우 두 봉공께서 나도 아는 사실을 모를 리가 없으시……이런."

남궁후는 와락 얼굴을 일그러뜨렸다.

'당가를 일부러 찍어 누르시고자 하시는 것인가?'

좌고룡은 고개를 숙이는 남궁후를 말없이 지켜보았다.

남궁후는 그사이 재빨리 사천의 상황을 상기했다.

기실 사천은 당가가 거의 장악한 상태였다. 그 탓에 아미와 청성은 힘을 쓰지 못했다. 속가가 당가에 밀려 본산으로 전해지는 속가의 후원이 끊겼다.

게다가 당가가 나서서 천존부를 막는 터라 어쩔 수 없이 무림맹에서 재정 지원을 해 주는 상황이었다. 청성과 아미의 반발을 무릅쓰고 말이다.

하여 맹주 초묵천은 아미와 청성, 두 문파에게 다음과 같이 말했다.

"당가에 대한 무림맹의 지원을 끊으리다. 한데 그럴 경우 천존부가 곧장 사천으로 들어올 텐데, 아미와 청성이 그들을 막아 주시겠소?"

"……."

대답은 침묵으로 돌아왔다.

아미와 청성에는 그럴 힘이나 세력도 없었지만, 무엇보다 그렇게 할 생각 자체가 없었다.

두 문파는 은연중에 무림맹이 전면에 나서 주기를 바랐다. 손 안 대고 코 풀겠다는 심산인 것이다.

남궁후는 피식 실소했다.

맹주 초묵천과 좌봉공인 투승(鬪僧) 굉법 대사, 그리고 우봉공인 화산파의 황매 상인(黃梅上人).

세 사람이 당가가 비대해졌다고 판단, 견제에 들어갔다는 것을 눈치챌 수 있었다.

"팔은 안으로 굽는다고 했던가? 훗."

남궁후는 구대문파의 미묘하고 복잡한 속내를 염두에 두었다.

내부적으로는 서로 알력과 갈등을 빚다가도 외부의 상대에겐 강한 반발을 보인다. 특히 오대세가와의 알력과 경쟁은 어제 오늘의 일이 아니었다.

남궁후는 중얼거렸다.

"사부님의 문하에 들 때, 무림맹 무상으로서의 본분을 다하겠노라 다짐을 한 이상 어쩔 수 없지. 고륭."

"예, 무상."

"출행 준비를 해 주게. 무상부에 속한 천강대에게도 일러 주고."

"네. 곧 준비시키겠습니다."

"수고해 주게."

"그럼."

좌고륭은 남궁후에게 고개를 숙여 보이고는 돌아서며 빠른 걸음을 내디뎠다.

남궁후는 고륭이 걸어가는 뒷모습을 보며 중얼거렸다.

"사부님…… 이러시면 곤란합니다. 사부님 또한 세가 출신이시면서 어찌……."

서운했다.

자신과 스승 초묵천은 강호 세가 출신이다.

하지만 무림맹을 주도하고 이끄는 것은 구대문파.

그렇기에 무림맹에서 내린 결정은 곧 강호의 결정이다.

거부란 있을 수 없다.

남궁후는 한숨을 내쉬었다.

"휴우, 사부님도 어쩔 수 없으셨겠지. 좌우 봉공이 구파의 중지를 이끌어 내며 압박했을 테니."

안타까웠다.

겉으로 드러난 것을 보면 좌우 봉공은 그냥 장식처럼 보이나, 실상을 들여다보면 그것은 위장이었다.

무림맹을 이끄는 것은 구대문파다.

그 구대문파의 중지를 모으는 것이 바로 좌우 봉공이다. 실세는 투승 굉법 대사와 황매 상인인 셈이다.

초묵천은 맹주일 뿐, 실제적인 힘은 쥐지 못했다. 오로지 상징적인 존재였던 것이다.

굉법 대사와 황매 상인은 철저하게 실상을 감추었다. 겉으로는 맹주가 실세처럼 보이게 손을 쓴 것이다.

"후, 구대문파라……."

남궁후는 구대문파를 생각하지 가슴이 답답했다.

사방이 눈에 보이지 않는 철벽으로 둘러싸인 듯한 느낌이었다. 그들은 당대 강호를 막후에서 주도하고 주물렀다. 하나 세인들은 그것을 모른다.

무림맹이 전 강호인의 중지를 모아 의사를 결정하고 그지닌 힘과 세력을 쓴다 생각한다. 하지만 실상은 은밀한 구대문파의 지배 체제인 것이다.

오대세가를 필두로 한 반구대문파 세력이 있지만, 무림맹에 밀려 힘을 쓰지 못했다.

남궁후는 고개를 돌려 멀리 보이는 한 전각을 주시했다.

천홍전(淺紅殿).

당대 강호의 무림맹주 중천검학(中天劍學) 초묵천의 거처다.

"사부님……."

남궁후는 낮은 목소리로 스승 중천검학 초묵천을 불렀다.

8장

천홍원은 전각 전체가 옅은 붉은색을 띠었다.

초묵천이 좋아하는 색. 그 탓에 천홍원이란 이름이 붙었다.

중천검학 초묵천.

본래 그는 초씨세가 출신으로, 우연히 전대 무당파 장로였던 구궁 진인과 인연을 맺었다.

구궁 진인은 초묵천은 기명제자로 삼았다. 그 탓에 당대 무당 장문인 백허 도장과는 사형제다.

그럼에도 그의 집안은 크게 일어서지 못했다. 구파의 견제가 따라붙었기 때문이다. 단지 당대 가주가 무림맹주라는 명예만 얻었을 뿐이다.

그 이면에는 행여나 또 하나의 남궁세가가 강호에 나타날

까 저어한 구대문파의 은밀한 경계와 제재가 알게 모르게 있었다.

그 탓에 초묵천은 몹시 심기가 불편했다. 맹주라는 허울 때문에 그저 묵묵히 말없이 참고 견딜 뿐이다.

"끄으응."

초묵천은 배분상 선배인 두 노인을 바라보았다.

한 사람은 노승이었고, 다른 한 사람은 노도사였다. 각기 소림과 화산을 대표하는 강호 명숙 중 명숙이다.

투승 굉법 대사와 황매 상인.

초묵천은 천천히 입을 열었다.

"당가는 새외 세력인 천존부와 치열하게 싸우는 중입니다. 그런 상황에서 압박을 한다는 것은 곧 당가의 세력을 약화시키는 것이 됩니다. 그리되면 천존부가 더욱 기승을 부릴 것은 자명한 이치인데, 두 분께서 그것을 염두에 두고 계신 겁니까?"

황매 상인은 앞은 탁자에 놓인 찻잔을 들며 낭랑한 목소리로 말했다.

"최근 당가의 위세가 너무 과하오. 맹주, 한 번쯤 그 세를 약화시켜 둘 필요가 있소이다."

굉법 대사는 고개를 끄덕였다.

"황매 도우의 말이 맞소이다. 맹주, 당가는 그 세를 천존부에 그리 투사하지 않았소이다. 오히려 사천을 당가의 영역으로 하는 데 지나치게 치중하였소이다. 그러니 이참에 아미와 청성에 힘을 실어 주어 천존부를 상대하게 할 생각이오."

초묵천은 눈살을 찌푸렸다.

그 또한 당가가 지나치게 사천에서 위세를 부렸다는 것은 잘 알고 있었다.

'후우, 당가가 조금만 더 조심했더라면 좋았을 것을.'

초묵천은 내심 당가가 원망스러웠다.

왜 좀 더 과유불급이란 말을 되새기지 못했나 하는 아쉬움이 들었다.

초묵천은 내심 중얼거렸다.

'어쩔 수 없음이야. 장로원에서 결정을 내렸으니.'

초묵천은 당가에 대한 처리가 그의 손을 떠났다고 생각했다. 그는 나직한 목소리로 말했다.

"당가에 있다는 그 장보도는 어찌 생각하십니까?"

굉법 대사와 황매 상인은 일순 움찔했다.

초묵천은 눈빛을 반짝였다. 그는 긴장감이 어린 목소리로 말했다.

"지난날 맹의 비고에 보관되었던 그 장보도가 과연 맞는지 모르겠습니다."

황매 상인은 찻잔을 내려놓으며 초묵천을 쳐다보았다.

"지난날 원 황실에서 은밀히 빼돌린 천마별부에 대한 장보도가 맞는지는 일단 우리 수중에 들어와 봐야 진위 여부를 알 수 있소, 맹주."

굉법 대사는 눈매를 반짝였다.

"지금으로서는 알 수 없소이다. 분명 당시 맹의 비고에
침입했던 정체불명의 인물은⋯⋯."

굉법 대사는 의문이 이는 듯 얼굴을 살며시 찌푸렸다.

"굉법 도우, 나 또한 그것이 의문이외다. 하지만 지난 삼
십 년 가까이 백방으로 알아보았으나 겨우 그중 한 사람인
장손종의 행방만 알아내었소. 더욱이 그의 외손녀가 벽운
신니의 제자에다가 문상이라니⋯⋯. 허허, 거참."

"내 은밀히 알아보았으나 문상은 아무것도 모르오이다.
그러니 그 일에 관해 그리 캐고 들어오는 것이 아니겠소."

"아니 될 일이오. 그 일은 향후 백 년이 지나기 전에는
결코 외부에 알려져서는 안 되는 우리들의 치부올시다."

"응당 감춰야겠지요. 비록 강호를 위해 그리하였다고는
하지만⋯⋯ 휴우, 내 죄가 크고도 크오이다."

"어찌 굉법 도우만의 죄겠소이까? 우리들 모두의 죄지요.
원시천존."

황매 상인은 씁쓰레한 미소를 머금었다.

초묵천은 입을 다물었다.

그가 나서지 않아도 굉법 대사와 황매 상인은 알아서 잘
하고 있었다.

'상인, 나는 거기서 빼 주시오. 나는 그 일에 별로 관여
하지 않았으니 말이오. 빌어먹을! 사부님이 나에게 이런 굴
레를 남겨 주실 줄이야.'

초묵천은 내심 분통이 터졌다.

허울뿐인 맹주 자리. 실권이라고는 쥐뿔도 없다.

그런데 책임이 태산처럼 두 어깨를 짓누르고 있었다. 과거, 스승 구궁 진인이 강제로 떠안긴 맹주 자리였다.

"묵천아, 무당의 명예를 생각해 다오."

초묵천의 스승의 말에 결국 무림맹주가 되었다. 그러고는 실망을 금치 못했다.

'맡지 않았어야 했는데.'

후회는 아무리 빨라도 늦다.

굉법 대사는 황매 상인을 보며 말했다.

"황매 도우."

"말씀하시지요, 굉법 도우."

"혹, 생존자가 있던 것은……."

황매 상인은 고개를 천천히 끄덕였다. 그는 확신에 찬 목소리로 말했다.

"분명 있소이다. 실로 우연찮게 문상이 장손종의 외손녀라는 걸 알아내지 않았소이까? 장손종이 살아 있다면 필경 다른 이들도 살아 있을 것이외다. 문제는 살아 있는 그들의 수가 얼마냐 하는 것이오. 내 아무리 생각을 해 보아도 결코 열은 넘지 않을 것 같소만."

"흠, 열이라……."

굉법 대사는 고개를 숙였다.

초묵천은 굉법 대사와 황매 상인을 번갈아 보았다.

그는 낭랑한 목소리로 말했다.

"맹의 사람들이 은밀히 장손종의 행방을 알아보았으나 여태까지 알아낸 것이 없습니다. 겉으로는 감쪽같은 실종입니다."

"맹주, 실종으로 가장하고 어딘가에 은신해 있을지도 모르는 일이외다."

"황매 도우의 말씀이 맞소. 맹주, 그가 아마 맹이 추적하는 것을 눈치챈 것이 분명하오."

초묵천의 안색이 어두워졌다. 그는 처연한 눈빛을 띠며 나지막한 목소리로 말했다.

"가슴이 아픕니다. 비록 대의에 따른 것이었다고는 하나 그들의 입장에서 보면 배신을 당한 것이 아닙니까? 될 수 있으면 이 일을 덮어 두는 것이 어떨까 생각합니다만."

굉법 대사와 황매 상인의 눈매가 섬뜩하게 번득였다. 두 사람은 동시에 말했다.

"불가하오, 맹주."

"아니 될 말이오. 행여 그들이 입을 여는 날에는 무림맹의 도덕성에 치명타를 입게 되오."

초묵천은 얼굴을 찡그리며 다소 언성을 높였다.

"벌써 삼십 년이란 세월이 지났습니다. 그들도 이제는 호호백발 노인이 되어 있을 것입니다. 그런 그들을 끝까지 추적해서 세상과 굳이 단절시킬 필요가 있겠습니까? 누가 뭐라고 해도 그들은 영웅이었습니다. 당금 명 황조가 건국되는 데 지대한 공헌을 한 무명의 영웅들이다, 이 말씀입니다."

초묵천은 얼굴 가득 흥분의 기색을 띠었다. 생각할수록 화가 나는 듯한 모습이었다.

굉법 대사와 황매 상인은 얼굴을 와락 일그러졌다. 두 사람은 인상을 쓰며 초묵천을 은연중에 압박했다.

"맹주, 맹주의 말이 틀리지 않음은 나 황매 또한 잘 아오. 하지만 그들은 세상 사람들 모르게 사라져 주어야 하오. 그러지 않았다간 무림맹이 자칫 무너질 수도 있소이다. 아시겠소이까?"

"나무아미타불. 단순히 무너지는 것 정도가 아니외다. 우리들 구대문파가 강호 동도들에게 손가락질을 받을 수도 있음이오."

"……"

초묵천은 침묵하며 내심 이를 갈았다.

빠득.

'이런 썩을. 작금과 같은 상황이 야기된 데에 구파의 책임과 치부가 있음을 끝까지 숨기려고 하다니.'

울화가 치솟았다.

심화가 들끓는 것이, 자칫 하다간 실수할 것 같았다.

그는 고개를 숙인 채 깊은 생각에 잠겼다.

‘그리 쉽게는 아니 될 것이오, 상인. 투승. 내가 명색이 무림맹주인데, 언제까지 두 분에게 휘둘릴 수만은 없지 않겠소. 결코 당하고만 있지는 않을 것이오.’

마음을 가라앉힌 초묵천은 살며시 시선을 들었다. 그의 눈에 굉법 대사와 황매 상인이 대화하는 모습이 보였다.

두 사람에게 그는 없는 존재나 마찬가지였다.

❖   ❖   ❖

불어오는 밤바람에 이마에 드리운 머리카락 몇 올이 흩날렸다. 무더운 한여름 밤의 후끈한 열기가 바람에 한풀 기세가 꺾이는 듯했다.

잔을 들어 밤하늘에 휘영청 뜬 달을 올려다보았다.

왠지 씁쓰름했다.

나름 앞만 보고 줄기차게 달려온 인생인데, 문득 회의가 들었다.

“내가 달려온 길이 결국 이런 것이었나?”

당무곡은 정자에 앉아 후회의 나지막한 중얼거림을 흘렸다.

뒤쪽에서 누군가가 걸어오는 발자국 소리가 들렸다.

저벅저벅.

가느다란 목소리가 살며시 귓가에 스며들었다.

“오라버니.”

당무곡은 돌아앉아 말했다.

"어서 오너라. 그렇지 않아도 널 기다리며 한잔하고 있었다."

당군선은 알 수 없는 의구심에 눈빛을 반짝였다. 그녀는 당무곡에게 걸어가 맞은편에 앉았다.

'왜 이 야심한 밤에 오라버니가 나를 은밀히 부르신 걸까?'

심중으로 의문이 일었다.

당무곡은 당군선이 자리에 앉자 고개를 젖히며 잔을 비웠다.

"크—으."

그는 빈 잔을 당군선에게 내밀었다.

"한잔하렴."

"네, 조금만 주세요."

당군선은 잔을 받아 들었다.

당무곡은 술병을 들어 그녀가 든 잔에 술을 따랐다.

쪼르르.

당군선은 옆으로 고개를 돌리며 잔을 입으로 가져갔다. 그녀가 막 한 모금을 마셨을 때였다.

"무림맹에서 연락이 왔다."

당군선은 멈칫했다. 그녀는 재빨리 잔을 비우고 빈 잔을 당무곡에게 내밀었다.

당무곡은 말없이 잔을 받아 들었다.

당군선은 술병을 들어 공손하게 당무곡의 빈 잔에 술을 따랐다.

"그들이 뭐라 하던가요?"

"간단하다. 전옥인을 넘기라는 것이다. 불응하면 우리 당가에 대한 재정 지원을 끊겠다고 위협하더구나. 아울러 청성에서 사람이 올 것이라고 했다. 전옥인을 데려가기 위해서 말이다."

당군선은 차분한 얼굴로 반문했다.

"청성에서요?"

당무곡은 고개를 가볍게 끄덕이며 입으로 술을 털어 넣고는 빈 잔을 석탁에 내려놓았다.

탁.

낮은 소리가 정자에 흘렀다.

당무곡은 당군선을 마주 보며 낭랑한 목소리로 말했다.

"생각보다 무림맹이 발 빠르게 움직이고 있다. 언제 어떤 경로로 청양궁에서 전옥인이 한 말이 무림맹에 들어갔는자는 모르겠으나 문제는 향후 본 가와 무림맹의 관계다."

당군선은 가만히 당무곡의 말을 경청하고는 이어 말했다.

"던져 주세요."

당무곡은 뜻밖의 말에 이맛살을 찌푸렸다.

당군선은 차분한 목소리로 말했다.

"전옥인은 이미 우리에게 반감을 가지고 있어요. 그 이유는 설명하지 않아도 아실 거예요. 게다가 몇몇 사천무림인

들이 당가령 지척까지 접근한 상황이에요. 현 상황에서 전
옥인은 우리 당가가 먹지 못할 떡과 같아요. 갖고 있어 봤
자 손에 든 떡을 탐하는 자들로 인해 골치만 아플 뿐이에요.
더욱이 천존부에서 계속 전옥인을 죽이고자 갖은 수단을 다
쓸 게 빤해요. 결국 우리 당가만 골치 아플 뿐이죠. 이참에
전옥인을 선선히 무림맹에 넘겨주고 무림맹의 보다 많은,
확실한 지원을 약속받는 것이 더 나아요. 지금 우리 당가에
게 무림맹은 가장 확실한 뒷배니까요."

당무곡은 술병을 들어 놓인 빈 잔에 술을 따랐다.

그는 근심이 어린 목소리로 말했다.

"나도 너와 생각이 같긴 하다만……."

"뭘 염려하시는 거죠?"

"청성."

당무곡은 말과 함께 잔을 들어 단숨에 마셨다.

당군선은 당무곡을 보며 의문의 눈빛을 띠었다.

"오라버니는 이 상황에서 별안간 청성파가 개입하는 것이
불안하신 건가요?"

"아니라고는 말 못하겠다."

당무곡은 빈 잔을 내려놓으며 당군선을 보았다.

"여태껏 사천은 본 가가 꾸려 왔다. 어머님이 연중 행사
로 청양궁에 가시는 것을 우리 당가의 위세를 확인하는 기
회로 삼았다. 어쩌면 우리 당가의 호시절이 다 갔는지도 모
른다."

"설마 그 정도일까요?"

"아니. 그동안 아미나 청성의 속가는 사천 땅에서 제대로 기를 펴지 못했다. 우리 당가나 연관이 있는 이들이 은연중에 그들을 견제해 왔지. 그건 너도 잘 알 것이다."

당군선은 천천히 고개를 끄덕였다.

"알아요. 속가가 본산을 재정적으로 뒷받침해 주지 못하면 본산은 힘을 잃게 되죠. 의식주가 풍족해야 무공 수련에 매진할 수 있으니까요. 게다가 본산의 전각들도 손보아야겠지요. 검을 비롯한 병장기도 그렇고요. 그리고 제자들이 다쳤을 때 치료할 약도…… 다 돈이 밑바탕에 깔려 있죠."

"맞다. 우리 당가는 성도를 중심으로 객잔, 표국, 전장, 주루 등 여러 가지 일을 하고 있으니, 재정에 있어 풍족한 편이다. 천존부와 맞서 싸우는 전비로는 부족하지만."

"누대에 걸쳐 사천성에 자리 잡은 본 가의 선조님들 덕분이에요."

"맞는 말이다. 그런데 지금 그런 본 가가 위협받고 있다."

"오라버니, 염려하시는 것이 정확히 뭐예요?"

당군선은 눈빛을 번득였다.

당무곡은 입을 굳게 다물고 당군선을 바라보았다.

"무림맹이 청성을 거론한 것이 마음에 걸려 따로 알아보았다. 비록 먼 사천에 있지만 항상 무림맹을 향해 귀를 열어 두고 있었지. 한데 그 귀들이 말해 주더구나. 우리가 천존부와 싸우는 동안 아미와 청성이 무림맹에 손을 썼다고 말이다."

"결국 견제가 들어오기 시작했다, 이건가요?"

"십중팔구는……."

당군선의 안색이 흐려졌다. 그녀는 염려스러운 목소리로 말했다.

"무림맹은 현 강호, 그 자체나 마찬가지예요. 그쪽이 우리를 견제하겠다는 것은 곧 강호 전체가 우리를 견제하겠다는 것과 같아요."

"내가 염려하는 것도 그 때문이다. 어차피 무림세가와 구대문파는 갈등을 빚을 수밖에 없다. 명분과 실리, 그리고 공통의 이익이 있다면 기꺼이 서로 손을 잡겠지만…… 지금은 아니다. 무림맹이 구대문파 중심으로 돌아가면서 은연중에 무림세가를 밀어낼 때부터 예견된 일이다. 그래서 내가 사천에 대한 우리 당가의 영향력을 공고히 하고자 노심초사한 것인데, 그것이 도리어 역효과를 낸 것 같구나."

"휴우, 무림맹과 적대 관계를 맺는 것은 본 가에 이롭지 않아요. 전 강호를 적으로 돌릴 수는 없는 일이니까요."

"맞다. 해서 말인데……."

순간, 당무곡은 이채를 반짝였다.

당군선은 흠칫했다.

당무곡은 그녀에게 의미심장한 목소리로 말했다.

"네가 무림맹으로 가 주었으면 한다."

"제가요?"

"그래."

당무곡은 고개를 끄덕였다.

"무림맹에 있는 소식통에 의하면, 아미와 청성은 서로 손을 잡고 무림맹을 통해 우리를 압박하려고 한다. 아마 우리 당가의 이권을 그들에게 일부 넘기라고 겁박을 해 올 것이 틀림없다."

"이!"

당군선은 분하다는 표정을 지었다.

당무곡은 그녀를 보며 재차 말했다.

"무림맹과 있을지도 모르는 알력과 갈등을 사전에 최소한으로 틀어막아야 한다. 아울러 향후의 일을 조율해 둘 필요가 있다."

"오라버니, 설마 이대로 밀려나실 생각은 아니시겠죠."

당무곡은 눈빛을 반짝였다.

"필요에 따라서는 물러날 용의도 있다."

"오라버니!"

당군선은 언성을 높였다.

"내 말 끝까지 들어라. 우리 당가가 그렇게 물러나며 반드시 손에 쥐어야 하는 반대 급부가 있다."

"천존부인가요?"

"그래. 우리가 기존에 막아 왔던 천존부와 관련된 일에서 완전히 손을 떼야 한다."

"오라버니, 놈들은 본 가에 간자를 들여보냈고, 백모님을 인질로 잡기까지 했어요. 반드시 보복해야 해요. 은원이 분명한 당가임을 똑똑히 보여 줘야 한다고요."

"안다. 하지만 지금은 아니다."

"오라버니!"

"내 말 잘 들어라, 군선아. 우리는 천존부와 싸우던 모든 것에서 손을 뗀다. 단, 청성과 아미가 천존부를 맡는 조건이다. 그것을 위해 어느 정도의 이권은 포기할 용의도 있다."

당군선은 얼굴에 불가라는 강경한 표정을 지었다.

"안 돼요, 오라버니. 그러면 본 가의 성세가 위태로워져요."

"괜찮아. 상관없다."

"오라버니, 대체 왜?"

"군선아, 잘 들어라. 나는 이참에 우리 당가가 당분간 세인들의 눈에서 벗어났으면 한다."

당군선은 흠칫하며 뇌리에 떠오르는 한 상념을 입에 올렸다.

"오라버니, 도대체 왜? 그…… 설마 곤륜파에서 보내온 금관적홍사를?"

당무곡은 싱긋 미소를 지었다.

"네 생각대로다. 나는 본 가가 세인들의 이목에서 벗어난 틈을 이용해 독인을 제련해 볼 생각이다. 그사이 아미와 청

성은 천존부와 충돌하면서 필시 골치깨나 썩을 것이다. 천
존부가 그리 만만한 세력은 아니지 않느냐?"

"그건 그렇죠. 최근 본 가에 대한 그들의 술수만 보아도
알 수 있는 일이에요."

"그래. 해서 나는 말이다, 그동안 본 가 덕분에 편하게
있던 아미와 청성이 천존부를 어떻게 상대할지 몹시 궁금하
다. 모르긴 몰라도 상당한 유, 무형의 피해를 입게 될 것이
분명하다. 천존부와 단기전은 거의 불가능하니까 말이다."

당군선은 말없이 고개를 끄덕였다. 당가의 고민도 바로
그것에 있었기 때문이다.

당무곡은 나지막한 목소리로 말했다.

"아미와 청성만으로 버거울 것이다. 아주 혼쭐이 나겠지.
나는 아미와 청성이 약해지는 틈을 타 독인을 통해 본 가의
힘을 끌어올릴 것이다. 그리되면 필시 아미와 청성은 천존
부와의 싸움에서 빠지려고 할 것이다."

당군선은 살며시 미소 지었다. 그녀는 당무곡을 쳐다보며
나지막한 목소리로 말했다.

"이참에 잠시 휴식을 취하며 본 가를 재정비하며 힘을 육
성하실 생각이시군요. 아울러 아미와 청성의 욕심과 기세도
꺾어 놓고요."

"후후, 아미와 청성은 천존부와 장기전이 불가피함을 알
게 될 것이다. 그들 또한 그리 머리가 없지는 않으니까. 하
지만 그들은 직접 본 가에 지원을 청할 수는 없을 게다. 벼

룩도 낯짝이 있다면 말이다. 결국 남은 것은 무림맹을 통한 재협상이다. 그때 아미와 청성을 확실하게 밟아 놓을 생각이다. 향후 삼십여 년 동안 사천에서 힘을 쓰지 못하게 말이다."

"호호호, 어쩌면 이번 기회가 본 가에는 또 다른 도약의 발판이 될지도 모르겠군요."

"후후후, 그래서 난 네가 무림맹으로 가 주었으면 한다. 가서 아미와 청성을 진흙탕으로 끌어내라. 아울러 무림맹과 향후의 일을 논의하면서 최대한 내 생각대로 협상을 이끌어 내도록 해라. 할 수 있겠지?"

"좋아요. 하지만……."

당군선은 걱정스러운 기색을 띠며 말을 흐렸다.

당무곡은 의아한 얼굴로 물었다.

"왜 그러느냐?"

"그게…… 휴, 전옥인이 준 장보도를 무림맹에 결국 내놓아야 할 거예요. 그 정도는 각오하셔야 해요."

"좋다. 온전하게 모든 것을 쥘 수 없는 조각이라면 기꺼이 던져 버리겠다."

"알겠어요, 오라버니. 생각하신 대로 제가 무림맹으로 가서 그들과 조율을 해 보죠."

"그래. 그리고 말이다."

"왜 그러시죠?"

당군선은 당무곡의 눈치가 이상해 반문했다.

당무곡은 머뭇거리다가 말했다.

"갈 때 접빈청의 낭인들을 데려가라."

"낭인들을요?"

"그게 말이다……."

당무곡은 당군선에게 대략적인 설명을 했다.

임유성과 양우진, 그리고 방일수와 보미랑을 당설아의 시야 밖으로 멀찍이 떼어 놓으려 했다.

당군선은 웃으며 고개를 끄덕였다.

"호호호, 알겠어요. 제가 그들을 고용하는 형식을 취하죠. 그러면 자연스럽게 낭인들을 멀찍이 떼어 놓을 수 있을 거예요. 그리고 시일이 흐르면 설아도 잊을 거구요."

"부탁한다. 며칠 동안 설아와 그 낭인 때문에 머리가 지끈지끈거렸다. 내가 아무리 생각을 해 보아도 일단은 그 낭인을 멀리 떼어 놓는 것이 가장 좋을 것 같구나."

"염려 마세요. 그 일은 제가 처리할게요."

"잘 부탁한다."

"네."

당군선은 선선히 대답하며 싱긋 웃었다.

'설아, 고것이.'

당군선은 당무곡을 바라보며 내심 중얼거렸다.

'어림없어. 낭인을 데릴사위로 들이다니.'

당무곡과 당군선은 향후의 일을 의논하며 대화를 이어 나갔다.

위기를 기회로 삼기 위한 안간힘이었다.

득의에 찬 대소가 낭랑하게 울려 퍼졌다.

사수붕은 마주 보고 서 있는 홀균하의 보고에 매우 흡족
해했다.

"으하하하하! 잘되었어. 이제 전옥인이 무림맹으로 움직
이겠군그래. 하하하. 게다가 당가를 중심으로 하는 사천무
림 놈들도 그깟 장보도 하나 때문에 내분으로 분열되고 말
이야. 으하하하하!"

"원주님, 어디 그뿐입니까? 들어온 정보로는 무림맹에서
이번 기회에 당가를 견제하려고 한답니다. 청성과 아미가
그간 무림맹에 들인 공이 있으니, 당가로서는 매우 곤란한
처지에 놓이게 된 셈입니다."

"하하하하, 응당 그래야지. 누가 이번 계책을 짰는데. 크
크큭."

사수붕은 우쭐했다.

고육지계를 통해 전옥인과 장보도에 대한 의심을 지웠다.
그리고 무림맹의 이목을 전옥인에게 쏠리게 했다. 그 외에
부수적으로 꽤 짭짤한 소득을 올렸다.

사천무림의 분열, 당가와 아미, 그리고 청성의 대립, 무
림맹의 당가 견제.

사수붕은 득의만면했다. 기대 이상의 성과였기 때문이다.
그는 홀균하를 향해 낭랑한 목소리로 말했다.

"이제 두 번째 혼수모어계로 넘어가야 할 시기다. 강호에
전옥인과 장보도에 대한 소문을 흘려라. 무림맹으로 하여금
전옥인과 장보도를 믿게 해야 한다. 전혀 의심하지 못……
아니지, 의심 자체를 하지 못하도록 철석같이 믿게. 알겠나,
홀균하."

"예, 원주님. 맡겨 주십시오. 무림맹으로 하여금 전옥인
과 장보도에 목매게 만들겠습니다. 하오나……."

사수붕은 홀균하가 말을 흐리자 눈매를 희번덕였다.

"뭐냐?"

"그게…… 저어, 그러자면 육왕 어르신들이 움직이셔야
하지 않나 싶습니다만."

"하긴 그렇지. 그 양반들이 움직여 줘야지. 흐흐흐, 강호
라는 물을 진흙탕으로 만들자면 한 번 뒤흔들어 줘야지. 그
게 혼수모어의 첫 단계이니. 홀균하."

"네, 원주님."

"그 일은 내가 알아서 할 테니. 네놈은 제반 준비나 잘해
두어라."

"예, 원주님."

사수붕은 음침한 목소리로 말했다.

"흐흐흐, 내가 이 손으로 강호를 뒤흔든다, 이거지. 으하
하하하!"

그는 고개를 숙여 자신의 손을 내려다보며 미소 지었다.

그때, 느닷없이 방문이 열리며 장년인이 걸어 들어왔다. 그는 불쾌한 목소리로 말했다.

"재미가 좋은 모양이오, 사 원주. 누구는 기분이 아주 더러운데 말이오."

사수붕과 홀균하는 장년인을 보며 움찔했다.

환왕, 두곡상.

그는 사수붕이 서 있는 탁자를 향해 성큼성큼 걸어갔다.

"사 원주, 나랑 말 좀 합시다."

사수붕은 홀균하를 힐끗 흘겨보며 눈짓으로 방문을 가리켰다.

홀균하는 재빨리 고개를 숙여 보이고는 뒤돌아섰다.

그는 방문을 향해 걸어가다 멈춰 섰다. 그러고는 두곡상에게 고개를 깊이 숙였다.

두곡상은 심사가 꼬였는지 짜증스러운 목소리로 말했다.

"꺼져."

"……."

홀균하는 아무 말도 하지 않았다. 그는 방문을 향해 돌아서며 걸어갔다.

두곡상은 사수붕이 서 있는 맞은편에 다다랐다.

"오셨습니까, 환왕 어른."

사수붕은 공손하게 고개를 숙였다.

"꼴 같지도 않은 인사는 집어치우십시다, 사 원주. 부주

의 후계자는 아직 미정이니, 내게 존대를 받을 생각을 하지
마시구려. 일단 앉으십시다. 내가 자금 몹시 부아가 치밀어
서 말이오."

"……."

사수붕은 입을 다물었다.

'이 작자가 왜 이리 삐딱하게 나와?'

사수붕은 조심스러웠다. 상대는 육왕 중 성질이 거침없기
로 유명한 환왕 두곡상이다.

두곡상은 그사이 방 한편에 있는 탁자로 걸어가 의자에
앉았다.

사수붕은 그를 따라 탁자로 걸어가 맞은편에 앉았다.

두곡상은 사수붕이 자리에 앉자마자 언성을 높였다.

"고육지계로 그간 힘들어 심어 놓은 간자들을 죄다 잃었
는데 지금 웃음이 나오, 사 원주?"

"환왕 노선배님, 그것은 어쩔 수 없는 일이었음을 잘 아
시지 않습니까? 그리고 저는 단지 성공리에 고육지계가 이
루어져 기뻐서 웃은 것뿐입니다. 한데 언제 부로 돌아 오셨
습니까?"

"하하하, 이제야 내가 부로 돌아온 것이 사 원주의 눈에
보인 모양이오."

사수붕은 심중 욕지기가 치밀었다.

'육시랄, 꼴에 육왕이라고 거들먹거리긴.'

두곡상은 사수붕을 노려보며 성난 목소리로 말했다.

"성도에서 광왕을 암습으로 죽인 낭인을 만났소."

사수붕은 움찔했다. 예상치 못한 일이다. 그의 귀에 두곡상의 살심이 그득 어린 목소리가 들렸다.

"일단은 계획대로 고국려, 그년을 내주었소. 한데 그 낭인 놈이 예사롭지가 않소. 아시겠소, 사 원주? 왜 사전에 그놈에 대한 정보가 없었던 거요?"

사수붕은 재빨리 대답했다.

"환왕 노선배님, 저희 찰람원도 아직 그놈에 관해 아는 바가 거의 없습니다. 정보를 백방으로 수집하고 있으나 성과가 미미합니다. 아시겠지만 놈은 낭인입니다. 낭인 놈들이 어디 자신들 신상에 관해 미주알고주알 말하는 놈들입니까? 철저히 함구하고 좀처럼 다른 이에게 신상에 관해 말하지 않습니다. 그런 어려움이 있는 와중에도 저희는 놈의 이름이 임유성이고 나이가……."

사수붕은 그동안 임유성에 대해 수집한 정보를 입에 올렸다.

두곡상은 사수붕의 말을 들으며 수시로 안색이 바뀌었다.

얼떨떨함, 호기심, 분노, 궁금증 등.

두곡상의 얼굴 나타났다 사라지는 감정은 참으로 다채로왔다.

그는 사수붕의 말이 끝나자 탑에서 마주쳤던 상황을 말했다.

"……그놈. 무공도 무공이지만 기괴하게도 저절로 상처

가 아무는…… 필시 마도무림과 연관이 있을 가능성
이……."

사수붕은 고개를 갸웃거렸다.

"환왕 노선배님의 말씀을 들으니, 그놈이 마도 계열의 무
공을 익힌 것 같군요. 말씀하신 것처럼 교전 중에 그리 상
처를 빨리 아물게 하는 무공이 어떤 무공인지 알아보겠습니
다."

"그래야 할 거요, 사 원주. 만일 마도 계열의 놈이라면
우리와는 동류라 할 수 있소. 하지만."

두곡상은 말을 하다 멈췄다. 그는 두 눈에서 살광을 뿜으
며 진한 살의가 감도는 목소리로 말했다.

"놈은 광왕을 죽이고 감히 겁도 없이 내 일을 방해했소.
우리의 적이나 마찬가지요. 그놈만큼은 반드시 내 손으로
죽일 것이오. 그러니 가급적 놈에 대한 정보와 동정을 알려
주었으면 하오. 다음 출행 때 나, 두곡상이 필히 놈의 수급
을 거둘 것이니."

"잘 알겠습니다, 환왕 노선배님. 그렇지 않아도 막 혼수
모어계의 발동을 명하던 참이었습니다. 곧 다시 출행을 나
가실 수 있을 것입니다. 그전까지 최선을 다해 정보를 수집
해 놓겠습니다."

두곡상은 천천히 자리에서 일어나며 사수붕에게 말했다.

"그러는 게 신상에 좋을 것이오, 사 원주. 아무리 부주의
제자라고는 하지만 이 사람의 심기가 뭐 같아서 말이오. 눈

에 뵈는 게 없소이다."

두곡상은 슬쩍 사수붕에게 위협했다.

사수붕은 눈매를 살며시 찌푸렸다.

언짢았다.

그래도 명색이 부주의 두 번째 제자다. 아무리 육왕이 스승도 함부로 대하지 못하는 자들이라고는 하지만, 자신을 무시하고 수하 대하듯 하는 것은 참기 어려웠다.

두곡상은 방문으로 돌아서며 걸음을 뗐다.

사수붕은 자리에서 일어나 걸어가는 두곡상을 가만히 바라보았다.

"살펴 가십시오, 환왕 노선배님."

"흥."

두곡상은 코웃음을 치며 방문을 열고 밖으로 나갔다.

사수붕은 주먹을 말아 쥐고는 탁자를 내려쳤다.

콰앙!

그는 분노에 찬 일성을 내질렀다.

"염병할 개새끼! 사형이 사부의 후계자다, 이거냐? 명색이 사부의 제자인데, 아무리 육왕 중 한 명이라고 해도 날 이리 무시할 수는 없어!"

사수붕은 분노의 표정을 지으며 와락 인상을 썼다. 그는 이를 갈며 나지막한 목소리로 말했다.

"두고 보자, 환왕. 언제고 네놈의 머리를 내 발치에 꿇릴 테니까. 빌어먹을."

사수붕은 다시금 의자에 앉았다.

털썩.

그는 심호흡을 하며 흥분을 가라앉혔다.

잠시 후, 사수붕의 입술 사이에서 특유의 말버릇이 섞인 목소리가 흘러나왔다.

"흐흥. 고 낭인 놈이 환왕의 부아를 치밀게 할 정도로 무공이 고강하다, 이거지?"

사수붕은 중얼거리며 임유성에 관한 정보를 떠올렸다. 하나 그다지 주목할 정보는 없었다.

"흥흥, 설마 그놈이 이번 혼수모어계의 변수가 되지는 않겠지? 내가 너무 과민하게 생각하는 걸 거야. 아암, 그런 낭인 놈이 무슨 변수라고."

그는 심중 한구석에서 일어나는 불안감을 애써 지웠다.

낭인.

천대받고 멸시받으며 하찮게 여김을 당하는 존재다. 그들은 강호의 밑바닥을 전전하며 살아간다.

사수붕은 여느 사람과 마찬가지로 낭인이라는 존재를 그리 높이 평가하지 않았다.

"흐흥, 하지만 암습으로 광왕을 죽인 놈이니, 일찌감치 없애 버리는 것도 나쁠 것은 없지. 흐흐……."

사수붕은 서늘한 눈빛을 띠었다.

불안 요소가 될 가능성이 있는 것은 일찌감치 없애 버리는 편이 심사가 편한 법이다.

　　　　❖　　　❖　　　❖

　며칠 후.

　당가로 두 부류의 방문객이 찾아왔다.

　청성의 장로 홍하 도장이 청성파의 정예인 십여 명의 천
풍수를 대동하고 당가를 방문한 것이다.

　그리고 낭인시장에서 낭사 동경은이 청성파의 이들과 몇
시각의 차이를 두고 당가를 찾아왔다.

　당무곡은 집무실로 들어서는 홍하 도장을 정중하게 맞았
다.

　홍하 도장은 이제 갓 시른예닐곱 남짓 되어 보였다. 그는
도가의 도사답게 인상이 부드러웠다.

　그의 양쪽 뺨에 툭 튀어나온 광대뼈가 은연중에 모난 성
격의 소유자임을 무언으로 말해 주었다.

　"자아, 이리로 좌정하십시오, 홍하 도장."

　"원시천존……."

　홍하 도장은 도호를 나직이 읊조리며 당무곡이 권하는 탁
자로 걸어가 좌정했다.

　당무곡은 맞은편으로 가 앉았다.

　일각이 지나고, 두 사람은 뜨거운 김이 모락모락 나는 찻
잔을 두고 이런저런 한담을 나누었다.

　일종의 탐색전이었다.

홍하 도장은 어느 정도 분위기가 잡혔다고 판단한 듯 천천히 입을 열었다.

"가주, 무림맹으로부터 연락을 받으셨을 줄 압니다."

당무곡은 눈매를 흠칫했다.

'이제부터 본격적인 시작이겠군.'

당무곡은 마음을 가다듬었다. 그는 홍하 도장을 쳐다보며 낭랑한 목소리로 말했다.

"그렇지 않아도 청성에서 사람이 올 것이란 연락을 받고 기다리고 있었습니다, 도장."

홍하 도장은 눈빛을 반짝였다.

"하면?"

"무림맹에서 사천의 분란을 미연에 막고자 하니, 응당 무림맹의 말에 따라야 하지 않겠습니까? 무림맹은 곧 강호이니 말입니다."

"원시천존."

홍하 도장은 슬그머니 도호를 읊었다.

'이 작자가 왜 이리 순순히…….'

홍하 도장은 그가 예상한 것과 다른 상황 전개에 심중 어리둥절했다.

당무곡이 강하게 반발하며 한두 번은 튕길 것이라고, 버틸 것이라고 생각했다. 그 때문에 당무곡을 압박하기 위해 당가로 오면서 나름 각오를 단단히 다졌다.

그런데 상대가 의외로 너무 선선히 나왔다. 심중 어안이

벙벙했다.

당무곡은 홍하 도장에게 침착하게 말했다.

"도장."

"원시천존. 말씀하시지요, 가주."

"우리 당가는 무림맹과 척을 지고 싶지 않소이다. 아울러 아미나 청성 또한 마찬가지입니다."

"가주의 말씀, 무슨 뜻인지 잘 알겠습니다."

"그래서 말인데……."

홍하 도장은 눈빛을 반짝였다.

'이제 시작인가?'

홍하 도장은 내심 당무곡을 압박할 말로 무슨 말을 할까 생각했다.

한데 그의 귀에 들린 당무곡의 말이 뜻밖이었다.

"도장께서 맹으로 가시는 길에 저희 당가 사람을 좀 동행시켰으면 합니다만. 향후의 일을 맹과 의논하고 싶은 것이 있어 그러는 것이니 양해를 부탁드립니다, 도장."

홍하 도장은 당황스러웠다.

당무곡이 그가 무림맹으로 가는 길에 당가의 사람을 데려가 달라고 청해 왔다.

그의 예상을 완전히 빗나가는 청이었다.

홍하 도장은 얼떨떨해하며 대수롭지 않게 승낙했다.

"그렇게 하지요. 한데……."

"아, 그 전옥인은 이미 채비하라 일러 두었습니다. 오늘은 저희 당가에서 묵으시고 내일 일찍 출발하시지요."

"알겠습니다. 가주의 호의를 감사히 받아들이겠습니다."

홍하 도장은 당무곡에게 말하며 심중 긴장했다.

'허어, 오늘 밤 무슨 야료를 부리겠다? 내가 그리 쉽게 당할 것 같소, 당 가주?'

그는 당무곡이 딴짓을 벌이려 한다고 여겼다.

당무곡은 홍하 도장을 응시하며 차분한 미소를 머금었다.

'쯧쯧, 잔뜩 긴장한 꼴이라니.'

당무곡은 심중 홍하 도장을 비웃었다.

"자, 한잔 드십시오. 귀빈이 오셨다고 안에서 내 온 귀한 차입니다."

"허허, 빈도를 이리 환대해 주셔서 고맙소이다, 가주."

"별말씀을요. 다른 분도 아닌 청성의 장로이신데, 어찌 우리 당가가 소홀히 대접하겠습니까?"

"무량수불, 원시천존……."

홍하 도장은 찻잔을 들며 눈빛을 반짝였다. 경계의 눈빛이었다.

당무곡은 시종일관 여유롭게 홍하 도장을 대했다.

두 사람은 호의가 담뿍 담긴 목소리로 대화를 이어 나갔다.

9장

　십여 명의 청의인, 청성 정예 검수 천풍수.

　당가의 접빈청에 묵는 그들은 방일수와 보미랑에게는 주요 관심사였다.

　"청성의 천풍수들이 맞지?"

　"네, 누님. 청성을 대표한다는 고수들이 맞는 것 같습니다."

　"흠, 저들이 왜 당가에 왔지?"

　"글쎄요."

　방일수는 고개를 갸웃거리며 천풍수들을 유심히 쳐다보았다.

　그는 구파라 불리는 아홉 문파를 대표하는 고수들을 생각했다.

청성을 대표하는 것은 일명 천풍수라 불리는 고수들이다.

아미파에는 복호승이란 무승들이 있고. 화산파에는 매화 검수라 불리는 이들이 있으며, 소림에는 십팔나한이 있다.

보미랑은 눈빛을 반짝였다.

"아무래도 이상해. 우리가 모르는 뭔가가 진행 중인 것 같단 말이야."

"누님."

"왜?"

"굳이 우리가 관심을 둘 필요가 있습니까?"

"일수야."

"예."

보미랑은 쳐다보는 방일수를 향해 눈동자를 슬쩍 째렸다.

"주위의 돌아가는 상황에 항상 귀와 눈을 열어 둬라. 알겠냐? 그게 우리들 낭인이 오래 사는 장수의 비결이다."

"참나, 누님도. 우리가 저들 청성파와 얽힐 일이 무엇이 있습니까? 아닌 말로, 청성파가 낭인을 고용하겠습니까? 쌔고쌘 게 고수들인데요."

"그래도 모르는 일이야. 늘 조심에 조심을 해. 그리고 웬만하면 저들과 부딪치지 마라. 소위 명문정파라는 의식이 골수에 박힌 저치들 눈에는 우리가 사람으로 안 보인다. 괜히 말썽을 빚으면 우리만 손해야. 알겠지?"

"쩝, 그걸 누가 모릅니까? 무공이 약한 게 죄지요. 뭐."

"잘 아네. 풉."

보미랑은 실소하며 걱정스러운 눈으로 청의인들을 쳐다보
았다.

천풍수는 어려서부터 청성에서 무공을 갈고닦은 정예 중
의 정예다.

그녀나 방일수는 단 한 명도 감당할 수 없다.

'우리와 말썽이 일어나지 않으면 좋겠는데.'

보미랑은 심중 염려스러웠다. 죄다 낭인을 뭐같이 보는
자들이다. 게다가 강하다. 잘못 얽히면 당하는 것은 그녀를
비롯한 낭인들이다.

여태까지 만나 본 강호인들이 그러했고, 소위 명문의 제
자라는 자들 역시 마찬가지였다.

보미랑은 그것을 알기에 조심스러웠다.

그녀는 고개를 돌려 뒤쪽에 있는 방을 바라보았다.

양우진은 못마땅한 얼굴로 동경은을 쳐다보았다.

"전날 당가에서의 의뢰도 막무가내로 떠넘기더니, 이제
또 입니까, 동 낭사님?"

동경은은 난색을 표시했다.

"이보게, 섬영쾌낭(閃影快浪). 나라고 왜 그걸 모르겠는
가. 우리 낭인시장에서 가장 큰 고객인 당가가 자네들을 지
명했네. 그래서 내가 이리 자네들을 찾아온 것이 아닌가.
당가에서 의뢰비를 두둑이 준다고 하니, 이번 의뢰를 맡아
주게."

양우진은 투덜댔다.

"젠장, 보미랑의 말대로야. 이건 의뢰를 위한 의뢰가 아니라. 순전히 유성이 널 멀리 내쫓기 위한 의뢰야."

양우진은 고개를 돌려 임유성을 쳐다보았다. 보미랑이 그에게 넌지시 언질을 주었다.

임유성은 피식 실소했다.

그는 전혀 생각도 하지 않는데 당가가 몸이 달아 안절부절이었다.

"뭐, 형님. 어떻습니까? 그저 유람한다 생각하고 이번 의뢰를 받아들이지요. 그리고 돈도 꽤 짭짤하지 않습니까?"

임유성은 대수롭지 않게 생각했다.

양우진은 인상을 쓰며 말했다.

"그게 그리 맘 편히 생각할 일이 아니다. 무엇보다도 청성파 사람들과 함께 움직인다는 것 자체가 우리에게는 몹시 신경이 쓰이는 일이다. 그치들은 우리들 낭인을 한 마디로 말해 뭐같이 본다, 이 말이다. 마치 구더기를 보듯해. 그 때문에 낭인들도 구대문파처럼 소위 명문정파와는 절대 같이 움직이려하지 않는다. 게다가 그 자식도 마음에 걸리고."

"그 전옥인이라는 자 말입니까?"

"그래. 네가 죽인 광왕의 손자. 천존부 놈들이 그놈이 당가 밖으로 나와 움직이는 것을 가만히 지켜만 보겠냐? 아닐 걸. 아마 모르긴 해도 죽자고 필사적으로 달려들 게 빤해."

임유성은 불안한 기색을 띠었다. 아닌 게 아니라, 신경에 거슬렸다.

"형님, 말씀처럼 천존부 놈들이 분명 가만히 안 있을 겁니다. 그놈들, 여태까지 한 짓을 보면 뭔 수를 내도 단단히 크게 낼 겁니다."

동경은은 마음이 급했다.

낭인시장의 가장 큰손인 당가가 부탁을 했다. 앞으로의 일감을 생각하면 당가의 부탁을 거절할 수가 없는 것이다.

그는 양우진과 임유성에게 재빨리 말했다.

"이보게들, 그래서 청성파가 함께 움직이는 것 아닌가. 그리고 말일세, 청성의 천풍수라면 강호에서는 초일류 고수로 통해. 자네들이 굳이 나설 필요도 없어. 자네들은 그저 당가의 사람을 무림맹까지 데려다 주기만 하면 돼. 전혀 손을 쓸 필요가 없다, 이 말일세."

동경은은 일을 맡기지 못해 안달이 난 모습이었다.

임유성은 피식 실소하며 고개를 양우진에게 돌렸다.

"형님, 동 낭사님의 말을 어떻게 생각하십니까?"

양우진은 얼굴을 굳혔다.

"청성의 천풍수라면 화산의 매화검수와 그리 뒤떨어지는 이들이 아니다."

양우진은 눈빛을 반짝이며 임유성을 쳐다보았다.

그는 화산파의 속가제자다. 누구보다 매화검수에 대해 자세히 알고 있었다.

임유성은 가볍게 고개를 끄덕였다.

"그럼 맡지요. 그치들더러 천존부를 상대하라고 하면 되지 않겠습니까? 그리고 우리들은 되도록이면 그치들과 멀찍이 떨어져서 움직이지요."

"그게 말처럼 될 것 같으냐? 당가의 그 지낭인가 뭔가 하는 아줌마가 그자들과 붙어서 움직일 것이다. 그러니 우리 또한 그자들과 섞이지 않을 수 없다. 우라질, 이런 의뢰는 맡고 싶지 않은데."

양우진은 동경은을 쳐다보았다.

동경은은 양우진이 내키지 않는 기색을 띠자 애가 탔다. 그는 양우진을 향해 빠르게 말했다.

"이 사람, 섬영쾌낭. 내 얼굴 좀 한 번 살려 주게. 그간 알게 모르게 자네들 뒤치다꺼리를 해 오지 않았는가. 나도 이참에 뭔가 좀 일을 해서 다시 본래의 자리로 돌아가야 하지 않겠나. 으응? 그러니 날 봐서라도 이번 의뢰를 맡아 주게."

"나참."

양우진은 동경은이 사정하자 난색을 드러냈다.

임유성은 웃으며 양우진에게 말했다.

"형님, 맡죠. 뭐, 우리가 조심한다면 그리 큰일이야 일어나겠습니까? 아닌 말로 청성파가 다 알아서 할 테니, 우린 그저 구경만 하면 되지 않겠습니까? 그리고 그 전옥인이라는 자는…… 끄응."

임유성은 곤혹스러웠다.

양우진은 동경은을 흘겨보았다.

"진짜 이번만입니다, 동 낭사님."

"고맙네, 섬영쾌낭."

"거, 기왕 부를 거 섬영쾌남이라고 불러 주십시오."

"응? 무슨 소린가?"

동경은은 영문을 모르겠다는 얼굴로 양우진을 쳐다보았다.

임유성은 폭소하며 동경은을 바라보았다.

"으하하하하, 그런 게 있습니다. 우하하하!"

양우진은 임유성을 향해 눈을 흘겼다.

"웃지 마, 인마. 이게 다 네놈 때문이야."

"형님, 내가 뭘 어쨌다고 나에게 화살을 돌립니까?"

"짜식이. 네가 당설안가 뭔가에게 헤프게 보여서 일이 이렇게 된 거잖아."

"나원, 내가 언제 그 여자에게 헤프게 보였습니까? 그 여자 혼자 그러는 거지."

"하여튼, 원인은 네놈이야."

"네에. 알겠습니다, 알았어요. 체."

임유성은 투덜거렸다.

그로서는 전혀 생각지도 못한 일이었다.

당설아가 자신에게 관심을 두고 있다니, 의외였다.

'쩝, 사람 마음이 묘하네. 한데 그리 싫지는 않으니.'

임유성은 내심 중얼거렸다.

양우진은 그사이 동경은과 의뢰비에 관해 논의했다.

다음 날 아침, 임유성과 양우진 일행이 길을 떠날 채비를 할 때다.

접빈청으로 소동이 쪼르르 뛰어왔다.

당추명이었다.

임유성은 당추명이 찾아온 것에 흠칫했다. 그는 성난 목소리로 당추명에게 말했다.

"찾아오지 말랬지?"

당추명은 임유성의 말에 금방 시무룩해졌다. 그러고는 고개를 숙이며 품속에서 무엇인가를 꺼냈다.

양우진과 방일수, 그리고 보미랑은 당추명이 임유성에게 내미는 것을 바라보았다.

양날이 휘어진 회선표.

당추명은 임유성에게 회선표를 내밀며 작은 목소리로 말했다.

"형이 떠난다는 걸 들었어요. 이건 작별 선물이에요. 기존의 회선표를 제가 개량한 거예요. 속도와 선회 각도가 아주 뛰어나요. 형은 낭인이니까 아마 위험한 일이 많을 거예요. 그때 쓰세요. 절대 죽지 말구요."

"너어."

임유성은 가슴에 뭔가가 꼭 차는 느낌이 들었다. 뜨거운 무엇이 느껴졌다.

당추명이 고사리 같은 손으로 내민 회선표에 정성이 엿보였다. 가슴에 울컥해지는 것이, 왠지 모르게 당추명에게 미안한 마음이 들었다.

양우진은 그 광경을 보고는 임유성에게 말했다.

"유성아, 받아 둬라. 추명이 마음이다."

임유성은 당추명에게 말했다.

"난 네게 별로 줄 것이 없는데."

당추명은 고개를 살며시 들어 임유성을 보며 해맑은 미소를 머금었다.

"괜찮아요. 그냥 형이 안 죽고 안 다쳤으면 해요. 그것뿐이에요."

"……."

임유성은 입을 다물었다. 말이 나오지 않았다. 괜스레 당추명에게 죄스럽다는 생각이 들었다.

임유성은 당추명을 보며 입술을 질끈 깨물었다. 그는 회선표를 품속에 갈무리했다.

"잘 쓰마, 추명아."

마음이 뭉클했다.

이제 겨우 여덟 살에 불과한 꼬맹이가 정이란 이름으로 마음속으로 살며시 들어왔다. 그 마음에, 그 정에 눈시울이 뜨거워졌다.

임유성은 뭔가 잊은 것이 생각난 듯한 표정을 지으며 오른손을 품속에 집어넣었다.

양우진과 방일수, 그리고 보미랑은 말없이 그런 두 사람을 따뜻한 눈으로 바라보았다.

임유성은 몇 장의 종이 꾸러미를 당추명에게 내밀었다.

"받아 둬라."

"형, 이건……."

"너에게 주려고 손목과 다리 움직임 등 내가 아는 수련 방법을 적어 두었다. 작은 서책으로 만들려고 했는데, 내가 게을러서 미처 그러지를 못했다. 너에게 주는 내 이별 선물이다."

"형……."

당추명은 임유성을 올려다보며 이별의 슬픔에 젖은 눈빛을 띠었다.

임유성은 손을 들어 당추명의 머리를 어루만졌다.

"나중에…… 아주 나중에 내가 할 일을 다 마치면 그때 다시 올게. 그동안 열심히 무공을 닦고 있어. 알겠지?"

당추명은 말없이 종이 꾸러미를 받아 들었다. 그러고는 임유성을 보며 힘차게 고개를 끄덕였다.

양우진은 그 모습에 중얼거렸다.

"녀석."

양우진은 임유성을 나름 잘 파악하고 있었다. 그가 보는 임유성은 전형적인 내유외강이다.

속은 부드러우나 겉은 단단했다.

양우진은 고개를 들어 하늘을 올려다보았다. 그의 눈에 어느덧 성큼 다가온 가을 하늘이 보였다.

맑고 청명하며 화창한 하늘이.

일단의 무리들이 당가타를 빠져나왔다. 그들은 당가령을 넘어 곧장 동쪽으로 움직였다.

그 모습을 당가령 주위에 숨은 이들이 지켜보았다. 그들은 아쉬운 눈빛과 함께 체념의 표정을 지었다.

선두에 선 십일인.

도복을 입은 청성파 장로 홍하 도장, 그리고 십여 명의 천풍수.

그들만으로도 웬만한 중소 문파의 힘을 상회하는 무력이다.

결국 당가령 주위에 은신한 이들은 포기할 수밖에 없었다. 행여나 하는 마음으로 당가를 주시했지만, 그들만의 힘으로 당가를 건드릴 수는 없었다.

단순히 요행수를 바라며 지켜만 볼 뿐이었다.

강호에 별안간 소문이 돌았다.

소문은 이상하게도 매우 빨리 퍼졌다. 마치 누군가가 의도적으로 퍼뜨린 것처럼 말이다. 하지만 그 누구도 소문을 의심하지 않았다.

다들 소문의 내용에 깊은 관심을 기울였다.

―마교의 절세 비급과 기진이보가 숨겨져 있는 장보도가

나타났다. 현재 청성파의 홍하 도장과 당가의 인물들이 무림맹으로 옮기는 중이다.

소문은 일파만파로 퍼져 나갔다.

무림맹이 서둘러 진화에 나섰지만, 소문은 쉽사리 잦아들지 않았다. 오히려 더욱 크게, 널리 퍼져 나갔다. 강호인들 중 탐욕에 눈이 먼 자들이 대거 서쪽으로 움직였다.

무림맹 문상부.

장손벽하는 아미를 가늘게 떨고 있었다.

파르르.

서탁 위에 놓인 낡은 서책.

경혼기.

겉면에는 붉은 주사로 그렇게 쓰여 있었다.

장손벽하는 겉면을 넘겼다. 그녀의 눈에 몇몇 글자가 보였다.

긍가(肯可), 금(禁), 열람(閱覽).

허락 없이는 읽을 수 없다.

세 장에 걸쳐 경고하고 있었다.

장손벽하는 고개를 들어 맞은편을 바라보았다. 그녀의 눈에 걸레 같은 옷을 입은, 몸이 상처투성이인 사십 초반의 중년인이 보였다.

장손벽하의 입술 사이에서 떨리는 목소리가 새어 나왔다.

"언 총관⋯⋯."

"문상, 어서 읽어 보십시오. 곧 맹의 감찰을 책임진 감찰각의 고수들이 닥칠 것입니다."

언추평은 다급히 말했다.

그는 갈가리 찢긴 시커먼 흑의를 입고 왼손에는 복면을 꼭 쥐었다.

장손벽하는 안타까운 눈으로 언추평을 바라보았다.

"이렇게까지⋯⋯."

"문상, 이렇게 하지 않으면 도저히 경혼조에 관한 것은 알 수가 없었습니다. 용서하십시오. 허락도 없이 제 마음대로 맹의 비고에서 경혼조에 관한 기밀을 빼내었습니다."

"총관⋯⋯."

"서두르셔야 합니다. 문상부를 지키는 호위대에게 그 누구도 문상부 내로 들이지 말라 하였습니다만, 그리 오래 버티지는 못할 것입니다. 어서 읽고 없애 버리십시오."

장손벽하는 입술을 질끈 깨물었다.

"기호지세이니."

이미 호랑이 등에 올라탄 형국이다.

그녀에게 절대적인 충성을 보이는 최측근인 언추평이 허락도 없이 일을 저질렀다.

그가 죽음을 무릅쓰고 가져온 경혼기.

장손벽하는 황급히 다시 경혼기를 읽어 내려가기 시작했다.

언추평은 그사이 방문으로 고개를 돌렸다. 그는 안절부절
못했다.

'곧 들이닥칠 텐데.'

언추평은 무림맹의 내부 감찰을 전담하는 감찰각을 머리
에 떠올렸다.

그들은 무림맹 형법전 소속으로, 비정하고 가혹하기로 이
름이 높다. 그 때문에 달리 차사각이라고도 불린다.

저승사자를 뜻하는 차사.

그 명칭을 통해 감찰각이 어떤 곳인지 일면을 엿볼 수 있다.

그렇게 채 일각이 지나지 않을 때였다.

"비켜라!"

"물러나시오! 여기는 문상부요!"

"닥치지 못할까! 우리는 감찰각이다!"

"감찰각이 아니라 맹주님이시라 해도 지금 시각에는 문상
부에 들 수 없소! 이 야심한 밤에 문상부에 난입하다니, 있
을 수 없는 일이오!"

"이놈들이! 뭣들 하느냐! 당장 문상부의 호위대를 제압하
라!"

밖에서 고성이 들렸다.

순간, 언추평은 단말마를 삼켰다.

"헉!"

그는 올 것이 왔다는 표정을 지었다.

휙.

언추평은 고개를 돌려 장손벽하를 쳐다보았다. 그녀는 사색이 된 얼굴로 경혼기에 몰입해 있었다.

'소저, 그간 감사했습니다. 절 여기까지 이끌어 주신 은혜를 이제나마 갚겠습니다.'

언추평은 이를 악물며 지난 세월을 상기했다.

그는 과거 무림맹에서 그리 대우받지 못했다. 중소 문파 출신인 탓에 구대문파가 이끄는 무림맹에서 몹시 힘들었다. 하나, 운이 좋았다.

지다선자(智多仙子) 장손벽하.

전대 아미파의 장로 벽운 신니(碧雲神尼)의 제자로, 대대로 강호에 지모로서 이름을 날렸던 제갈세가를 단신으로 제친 일대 재녀다.

무공, 미모, 성품. 그 무엇 하나 빠지지 않는다.

그런 그녀의 눈에 들어 문상부의 총관이 되었다. 그녀는 자신을 중소 문파 출신이라 하여 홀대하거나 괄시하지 않았다. 아니, 오히려 보살펴 주지 못해 미안해했다. 그런 그녀 덕분에 무림맹의 중소 문파 출신들은 한숨을 돌렸다.

그들은 문상부를 중심으로 나름 세를 결집할 수 있었다. 그 이면에는 장손벽하의 집안 역시 한미한 중소 문파라는 점이 작용했다.

무림맹 내부의 중소 문파들의 상징이자 구심점이 바로 지다선자 장손벽하다.

문상부의 이들은 그녀에게 절대적인 충성을 바쳤다. 그런
이들 중 일인인 언추평은 장손벽하를 위해 위험천만한 일을
저지르고야 말았다.

언추평은 장손벽하를 향해 천천히 고개를 숙였다.

'문상, 부디 외조부님을 찾으시길 바랍니다. 제가 문상을
위해 할 수 있는 일은 여기까지인 듯합니다. 그간 돌봐 주
셔서 감사합니다.'

장손벽하는 경혼기에 빠져 있었다.

그 때문에 언추평을 미처 살피지 못했다.

그만큼 그녀는 경악실색하고 있었다.

경혼기에 적힌 내용은 실로 경천동지할 것이었다. 상상조
차 할 수 없던 구대문파의 치부가 몽땅 다 적혀 있었다. 그
탓에 그녀에게는 그 무엇도 귀에 들어오지 않았고, 보이지
도 않았다.

"이, 이럴 수가…… 구파가 어떻게 이런 짓을!"

장손벽하는 충격을 받아 망연자실했다.

언추평은 그사이 문을 열고 밖으로 나갔다.

그가 밖으로 나오자 장손벽하의 거처 주변이 한눈에 들어
왔다.

방문 맞은편에 있는 작은 월동문, 그 앞에 서 있는 십여
명의 무복인, 그리고 주변에 있는 잘 가꾸어진 작은 화원.

언추평은 월동문을 향해 걸어갔다.

저벅저벅.

십여 명의 무복인은 들려오는 발자국 소리에 고개를 뒤돌렸다.

"총관⋯⋯."

언추평은 그들을 노려보며 일갈했다.

"무슨 일이 있어도 물러서서는 안 된다! 최대한 시간을 끌어라!"

무복인들은 확고한 의지를 담아 동시에 외쳤다.

"명!"

그때 일단의 무리가 민첩하게 그들을 향해 달려왔다.

언추평은 그들을 보며 마음속으로 중얼거렸다.

'벌써 뚫렸는가?'

조마조마했다. 달려오는 감찰각의 고수들을 상대로 얼마나 버틸 수 있을지.

언추평은 고개를 힐끗 돌려 장손벽하가 있는 방을 보았다.

꽉.

그런 뒤 그는 두 손을 힘주어 쥐며 결연한 표정을 지었다.

'기필코 막을 것입니다, 문상.'

언추평은 고개를 바로 했다. 그의 눈에 선두에서 달려오는 마흔 후반으로 보이는 냉막한 인상의 중년인이 보였다.

언추평은 그를 보며 눈빛을 반짝였다.

"북망초객(北邙招客) 흑구웅."

그는 감찰각주로, 무림맹의 무사들이 북망산에서 온 손님이라 부르며 두려워하는 자다.

"필경 감찰각의 최정예 무사들인 북망초혼단이겠군."

언추평은 앞쪽에 서 있는 무복인들을 보았다. 자칫 저항한다면 저들 중 단 한 사람도 살아남지 못할 것이다.

으득.

언추평은 어금니를 악물었다. 그는 아랫배에 힘을 주며 주변이 떠나가라 소리쳤다.

"야심한 밤이다! 문상부에 그 누구도 출입시키지 마라! 알겠느냐?"

"명!"

무복인들 중 그 누구도 언추평에게 반문하지 않았다. 그들은 오직 명에 복종할 뿐이었다. 그 모습으로 보아 그간 얼마나 혹독하게 단련되었는지 잘 알 수 있었다.

무복인들은 재빨리 각자의 검을 빼 들었다.

촤— 촤— 촤앙!

검이 검집에서 빠져나오는 세찬 소리가 울렸다.

흑구웅은 그 소리에 급히 멈춰 섰다. 그를 따르던 감찰각 소속, 북망초혼단의 무사들이 황황급급히 섰다.

월동문에서 약 삼 장 어림의 거리.

북망초혼단의 무사는 얼추 잡아도 백여 명은 가볍게 넘을 것 같았다.

흑구웅은 언추평을 향해 싸늘한 눈빛을 번득였다.

"언 총관, 저항하고자 함인가?"

언추평은 형형한 눈빛을 띠었다.

"흑 각주님, 문상부에 어인 일이십니까?"

흑구웅은 기가 막혔다.

"허!"

그는 살기 띤 눈초리로 언추평을 노려보았다.

"지금 자네 입에서 그런 말이 나올 수 있는가? 감히 맹의 비고에 숨어들다니. 그것도 무상의 직인을 위조해서 말이야."

"호오, 무슨 말씀이신지 모르겠군요. 저는 그런 적이 없습니다만."

"언 총관, 비고를 지키던 무사들이 자네를 보았네."

"그럴 리가요. 저는 조금 전 자다가 막 깼습니다."

"이!"

어처구니가 없었다.

얼굴빛 하나 바꾸지 않고 태연하게 거짓말을 하고 있었다. 그것도 빤한 거짓말을 말이다.

기가 찰 노릇이었다.

흑구웅은 언성을 높였다.

"언 총관, 두 번 말하지 않겠네. 그대와 문상부의 이들을 다치게 하고 싶지 않으니 물러서게. 모든 일의 배후에는 문상이 있을 터. 나는 좌봉공님의 명으로 문상을 형법전으로 데리고 가야 하네."

"죄송합니다, 흑 각주님. 문상께서는 여인이시라…… 이 야심한 시각에는 사내들을 문상부로 들일 수 없습니다. 흑시 또 모르지요. 같은 여인이라면⋯⋯."

그 순간이었다.

북망초혼단 뒤쪽에서 낭랑한 목소리가 들렸다.

"아미타불. 하면 내가 들어가면 되겠네그려, 언 총관."

한순간 모든 이들의 시선이 북망초혼단의 뒤쪽으로 향했다.

저벅저벅.

어둠 속에서 걸어 나오는 두 사람.

벽운 신니와 굉법 대사였다.

순간, 언추평은 사시나무처럼 온몸을 떨었다.

부르르.

그는 부지불식간에 중얼거렸다.

"신니⋯⋯."

문상 장손벽하의 스승 벽운 신니였다.

북망초혼단은 재빨리 양쪽으로 비켜섰다. 그러자 중앙에 길이 트였다.

벽운 신니와 굉법 대사는 그 길을 걸었다.

저벅저벅.

무복인들은 어쩔 줄 몰라 했다. 한 사람은 장손벽하의 스승이었고, 다른 한 사람은 무림맹의 좌봉공이었다.

"총관님⋯⋯."

무복인들은 언추평을 향해 고개를 돌려 감당할 수 없는 거물의 등장을 눈빛으로 알렸다.

언추평은 눈매에 슬픈 빛을 띠었다.

두 사람은 그가 어찌해 볼 수 있는 이들이 아니다.

"문상……"

언추평은 나직이 장손벽하를 부르며 천천히 걸음을 떼었다. 그러고는 한 무복인에게 다가가 손을 내밀었다.

"검을 다오."

"네?"

"어서."

"아, 예."

무복인은 얼떨떨한 표정을 지으며 손에 쥔 검을 건넸다.

언추평은 검을 받아 들며 무복인들을 향해 소리쳤다.

"물러나라!"

"명!"

무복인들은 대답하며 일사불란하게 월동문 양옆으로 흩어졌다.

벽운 신니와 굉법 대사는 그사이 월동문에 다다랐다. 두 남녀는 언추평이 무복인에게 검을 건네받는 것을 보고는 멈춰 섰다.

벽운 신니는 노기를 띠었다.

"언 총관, 무슨 짓인가?"

언추평은 그녀를 향해 공손하게 머리를 깊이 조아렸다.

"신니, 모두 제가 독단으로 저지른 짓입니다. 문상은 전혀 모르고 계셨습니다."

벽운 신니와 굉법 대사는 흠칫했다.

언추평은 벽운 신니를 똑바로 바라보았다.

"신니…… 아시리라 생각합니다. 어려서 조실부모하고 외조부님 슬하에서 자란 문상이십니다. 다행히 신니를 만나 문하에 들었습니다. 하나 그와 함께 외조부님이 행방불명이 되셨습니다. 집안은 숙부가 이었으나 문상께 외조부님은 부모나 마찬가지입니다. 문상께서는 그런 외조부님을 찾고자 할 뿐, 다른 뜻은 없습니다. 부디 살펴주십시오, 신니."

벽운 신니의 아미가 떨렸다.

파르르.

왜 모르겠는가. 그녀가 가장 사랑하는 제자인데.

'벽하야, 이 울보야. 어쩌자고 네 외조부에게 그리 집착을 하여 이런 사단을 일으켰더란 말이냐? 내 차라리 너를 문하에 들이지 말 것을. 네가 그의 외손녀임을 계속 몰랐으면…….'

안타까웠다.

하나 함부로 입에 올릴 수 없는 사안이다. 그녀 또한 아는 것이 별로 없다. 하지만 한 가지는 분명히 알고 있다.

경혼기.

즉, 장손벽하의 외조부는 아미파의 치명적인 치부와 관련이 있다는 것이다.

처음에는 그녀 또한 몰랐다. 굉법 대사와 황매 상인의 귀띔으로 알았다.

그때 하늘이 무너지는 듯한 충격을 받았다.

"부처님이 우리 아미에게 업을 지우셨음이야. 나무관세음보살.”

벽운 신니는 이 모든 것이 다 업보라고 생각했다.

그녀는 차마 장손벽하를 문하에서 내치지 못했다. 그녀에
겐 친딸 같은 제자였기 때문이다.

“휴우, 언 총관. 비켜서게. 내 이 일은 원만하게 해결해
보겠네.”

“신니, 믿겠습니다. 또한 분명히 말씀드리고 싶습니다.
제가 비고에 숨어든 것을 문상께서는 정말 모르십니다. 그것
하나만은 알아주십시오. 이번 일은 제 독단이었습니다. 문상
과는 아무 상관이 없습니다. 제가 문상께서 가슴 아파하시는
것을 보다 못해 저지른 짓입니다. 부디 살펴 주십시오.”

언추평은 말과 함께 검을 들어 단숨에 자신의 목을 그어
버렸다.

굉법 대사는 흠칫했다.

벽운 신니는 자지러질 듯 소리쳤다.

“안 되네, 언 총관!”

살갗을 가르는 낮은 소리가 살며시 퍼졌다.

스으윽.

무복인들은 기겁했다. 그들은 언추평을 소리쳐 부르며 바
닥으로 쓰러지는 그에게 다가갔다.

“총—관!!”

벽운 신니는 가늘게 떨었다. 그녀는 격동하며 망연한 표
정을 지었다. 설마 언추평이 스스로 자진할 줄은 몰랐다.

그녀는 고개를 돌려 굉법 대사를 노려보았다.

"업을 감추고자 하면 할수록 생목숨들이 죽어 나갈 것입니다, 선배님."

벽운 신니는 그녀보다 배분이 앞서는 굉법 대사에게 매섭게 말했다.

굉법 대사는 무표정한 얼굴로 나직이 불호를 읊조렸다.

"나무아미타불 관세음보살. 벽운 신니, 감추지 않고 드러내면 더 많은 목숨이 헛되이 죽어 가게 될 것이오. 아울러 우리 구대문파는 어쩌면 두 번 다시 강호에 발을 딛고 설 수 없을지도 모르오."

위협이었다.

벽운 신니는 두 손을 불끈 쥐며 입술을 힘껏 깨물었다. 그녀의 머릿속에 사문 아미파가 떠올랐다.

'사문을 지키고자 딸 같은 제자를 외면해야 한단 말인가. 관세음보살…… 저는 어찌해야 합니까? 제자 벽운은 어찌해야 합니까, 부처님. 나무관세음보살……'

벽운 신니는 가슴이 찢어질 것 같았다. 사문과 제자, 둘 다 버릴 수 없었다.

굉법 대사는 그사이 월동문을 지나 안으로 깊숙이 걸어 들어갔다.

저벅저벅.

벽운 신니는 고통스러운 표정을 지으며 그를 뒤따랐다.

흑구옹은 좌우를 향해 소리쳤다.

"문상부의 이들을 제압해라!"

북망초혼단은 재빨리 대답하며 움직였다.

"예!"

그들은 삽시에 월동문을 지나 무복인들을 향해 뛰었다.

흑구응은 땅바닥에 쓰러져 있는 언추평을 바라보았다. 그는 비애가 감도는 목소리로 말했다.

"그대 같은 사람을 총관으로 두었으니 문상께서는 복이 많으신 분이오, 언 총관. 휴우."

흑구응은 월동문을 향해 걸음을 떼었다.

굉법 대사는 움찔하며 멈춰 섰다. 그의 눈에 장손벽하가 서 있는 모습이 보였다.

원독에 찬 장손벽하의 두 눈동자.

장손벽하는 증오의 불길을 활활 내뿜고 있었다. 그녀의 오른손에는 경혼기가 쥐어져 있었다.

"아미타불…… 문상, 결국 일을 내고 말았구려."

차분하며 자애로운 목소리였다.

반면, 장손벽하는 한기를 머금은 목소리로 외쳤다.

"구역질이 나더군요, 대사님! 구파가 흘린 똥덩어리가 여기에 죄다 적혀 있더군요!"

장손벽하는 경혼기를 들어 올렸다.

그때, 벽운 신니가 굉법 대사의 좌측으로 걸어와 섰다. 그녀는 장손벽하를 향해 가슴이 미어지는 목소리로 장손벽하를 불렀다.

"벽하야……."

장손벽하는 두 눈시울이 붉어졌다.

아버지요, 어머니인 스승 벽운 신니다.

"사부님…… 차라리 사부님 문하에 들지 않았으면 이리
고통스럽지는 않았을 거예요. 아시겠어요. 제 사문이, 제
스승님의 사문이…… 흐흐흑! 구파의 만행에 얼마나 많은
이들이 허무하게 죽어 갔는지 아세요. 구파가 그들을 팔았
어요. 그들을 죽음으로 내몰고 나 몰라라 했어요. 마도인이
나 할 법한 만행을 같은 동도들에게 저지르다니. 왜 그러셨
어요! 왜 경혼조 같은 것을 만드셨어요! 왜—요!"

장손벽하는 피를 토하듯 울부짖었다. 그녀의 눈에서 닭똥
같이 굵은 눈물이 흘러내렸다.

주르륵.

벽운 신니는 눈을 내리감았다. 그녀는 귀에 들리는 제자
의 절규에 격렬하게 경련했다.

부들부들.

그녀의 귓가에 굉법 대사의 나지막한 목소리가 들렸다.

"나무아미타불…… 당시에는 어쩔 도리가 없었네, 문상."

장손벽하는 고개를 들어 밤하늘을 올려다보며 미친 듯이
웃어제꼈다.

"오호호호호호!"

광소였다.

잠시 후, 장손벽하는 광소를 뚝 그치며 굉법 대사를 노려
보았다.

"어쩔 도리가 없었다고요? 자파의 본산 제자들은 단 한
명도 경혼조에 넣지 않았어요. 심지어 속가 중 규모가 크고
본산에 막대한 기부금을 내는 문파에서도 경혼조에 투입되
지 않았어요. 당한 것은 중소 문파와 의기를 부르짖던 일반
강호인들뿐이었어요. 아시겠어요? 구파는 그들을 이용했어
요. 여기에 그 증거와 죄상들이 낱낱이 기록되어 있어요.
그런데 어쩔 도리가 없었다고요? 그런 궤변으로 얼마나 많
은 강호인들을 속이신 거죠? 그러고도 투승이라 불리시면서
강호인들의 존경을 한 몸에 받을 수 있나요, 투승 굉법 대
사님? 더러워요. 구역질이 난다구요. 이 위선자~아아!!"

장손벽하가 내뱉는 위선자라는 말이 메아리쳤다.

위선자— 위서— 자— 아—

굉법 대사의 안색이 급격히 어두워졌다.

벽운 신니는 금방이라도 쓰러질듯 휘청거렸다. 그녀의 귀
에 들리는 제자의 외침이 비수가 되어 가슴을 갈기갈기 찢
어놓았다.

그때, 나지막한 발걸음이 들렸다.

저벅저벅.

감찰각주 흑구웅이 뒤늦게 나타난 것이었다.

그는 곧장 장손벽하에게 걸어가 지척에 섰다. 그러고는
정중하게 고개를 숙여 보였다.

"감찰각주 흑구옹이 삼가 문상을 뵈오이다."

장손벽하를 그를 매섭게 쏘아보았다. 곧 그녀의 입술 사이에서 냉랭한 한기가 풀풀 날리는 목소리가 흘러나왔다.

"언 총관은 어떻게 되었죠?"

흑구옹은 흠칫했다.

"스스로 자진했습니다."

장손벽하의 눈동자 위로 슬픔과 아픔이 절절이 배인 작은 빛이 스쳐 지나갔다.

그녀는 굉법 대사에게 고개를 돌렸다. 그러고는 힐책하는 목소리로 말했다.

"얼마나 많은 사람들을 죽여야 직성이 풀리시겠어요, 대사님? 경혼조의 일백여 원혼이 저승에서 절규하는 소리가 안 들리시나요? 언제까지 무고한 사람들이 죽어야 하는 거죠? 대답해 보세요. 대사님은 강호인들이 모두 존경해 마지않는 불문의 고승이시잖아요. 안 그런가요, 투승 굉법 대사님?"

장손벽하의 목소리에서 조롱과 경멸이 엿보였다.

"아미타불…… 문상, 피치 못한 일이었소."

"궤변이세요, 궤변요. 피치 못했다는 말로 얼버무리지 마세요. 이 모든 것은 바로 대사님을 비롯해 구대문파의 전대 장문인들이 벌인 일이에요. 언제까지 이 일을 덮어 둘 수 있다고 생각하시나요? 경혼조의 마지막 임무에서 제 외조부님이 살아남으셨으면, 다른 누군가도 살아남았을 거예요. 그들이 무림맹과 구대문파를 암중에서 지켜보며 원한에 치를 떨고 이를 갈 거예요. 그러고는 분명 자신들이 복수를 할 수 있는 때와 기회를 노리겠죠. 무림맹과 구파에 복수하는 그날을 말이에요."

굉법 대사는 눈썹을 바르르 떨었다. 틀린 말은 아니다. 분명 경혼조에서 다수의 생존자가 있는 것이 분명하다.

'잡아들여야 해, 아니면 그들을 죽이던가. 영원히 세상에서 지워야 함이야.'

굉법 대사는 무림맹과 구대문파가 우환을 품은 것에 심중 독한 마음을 먹었다.

그의 머릿속에서 당시의 상황이 떠올랐다.

한 치 앞을 내다볼 수 없는 전란의 시대였다.

전대의 구파 장문인들은 주원장의 요청에 의해 은밀히 회합했다.

그들은 원 황실과 주원장 사이를 오가며 위험한 줄타기를 하기로 했다. 자칫 본산과 속가 제자들을 동원할 경우, 문파의 명맥을 잇기가 불가능했다.

결국 누군가가 그들을 대신해 희생되어야 했다. 그 탓에 경혼조라 불린, 비정상적인 조직이 쥐도 새도 모르게 탄생했다.

굉법 대사는 두 손을 들어 합장하며 말했다.

"나무아미타불 관세음보살. 흑 각주, 무엇을 하는 겐가? 어서 문상을 형법전으로 데려가게."

흑구응은 움찔했다.

"아, 예."

그는 돌아가는 분위기가 이상해 잠시 머뭇거렸다.

흑구응은 장손벽하에게 말했다.

"문상, 저는 무례를 범하고 싶지 않습니다. 그러니 잡음이 없도록 저를 도와주셨으면 합니다. 자칫 문상부의 이들이 피를 흘릴까 두렵습니다."

장손벽하는 양손을 불끈 쥐었다. 그녀는 이를 악물며 흑구응을 매몰찬 눈초리로 바라보았다.

'저항할까?'

내심 맞서 싸워 볼까도 생각했다. 하지만 엄두가 나지 않았다. 그녀의 무공으로는 무림맹 밖으로 도망조차 칠 수 없다. 게다가 그녀가 저항을 한다면 문상부의 이들 또한 움직일 것이다. 그녀를 따라 서슴없이 동료를 향해 검을 휘두를 것이다.

'필시 많은 무고한 이들이 죽고 다치겠지.'

장손벽하는 문상부의 이들이 피를 흘리는 것을 원치 않았다.

그녀는 처연한 눈으로 스승 벽운 신니를 물끄러미 바라보았다.

"이제 저는 아미의 제자가 아니에요. 물론 사부님의 제자 또한 아니고요. 저와의 인연은 여기에서 그만 끝내 주세요."

냉정한 목소리였다.

벽운 신니는 제자의 말에 비통하고 슬펐다. 그녀와 제자 장손벽하의 인연은 악연인 듯싶었다.

'관세음보살…… 어찌 제자에게 이런 슬픔과 고통을 주십니까?'

벽운 신니의 귀에 장손벽하가 걸어가는 소리가 들렸다.

터벅터벅.

힘이 없는 듯 허탈하기만 한 소리다.

벽운 신니를 가만히 두 눈을 뜨며 귀에 들리는 소리를 쫓아 고개를 돌렸다.

시야 속으로 흑구응과 함께 걸어가는, 절연을 선언한 제자가 보였다.

"벼, 벽하야."

짙은 슬픔이 깊게 배인 목소리였다.

굉법 대사는 무표정한 얼굴로 나직이 말했다.

"신니."

벽운 신니는 굉법 대사를 향해 고개를 돌렸다.

홱.

그녀는 비아냥거리는 목소리로 말했다.

"이제 만족하시나요, 선배님? 제 제자를 저리 만들어 흡족하시냐고요? 불문의 불제자로서 이게 할 짓인가요? 이러고도 우리가 부처님께 예불을 드릴 자격이 있다, 여기시나요?"

굉법 대사는 얼굴을 딱딱하게 경직했다. 그러고는 무미건조한 목소리로 말했다.

"작게는 우리의 사문을 위한 일이오, 신니. 크게는 강호를 위해서이고."

"궤변을 늘어놓지 마세요, 선배님. 우리 사문이라면 몰라도 강호는 끌어들이지 마세요. 언제부터 구대문파가 강호를 걱정했나요? 구대문파가 걱정하는 것은 자파의 영역 보전과 각파의 영화가 아니었나요?"

굉법 대사는 눈매를 찌푸렸다.

"벽운 신니, 말이 과하오. 그대 또한 아미의 제자지 않소. 사문을 생각하시구려."

굉법 대사는 돌아서서 걸어갔다.

벽운 신니는 굉법 대사의 등을 향해 일갈했다.

"사문을 위해서 내 제자를 이리한 것이에요. 아시겠어요? 사문을 위해 지금 나는 제자를 버린 거라고요. 흐흐흑."

벽운 신니는 끝내 흐느껴 울고 말았다.

전대 아미파 장로로서, 당대 아미 장문인 수심 사태의 사숙으로서, 무림맹 협녀각주로서 그녀는 차마 못할 짓을 하고야 말았다.

깊은 슬픔이 배인 나지막한 흐느낌이 아련히 울려 퍼졌다.

노강호 명숙의 흐느낌이.

10장

파리 떼가 따로 없다. 사람들은 시도 때도 없이 마구 달려들었다.

"장보도를 내놔라!"

"다 죽여라!"

"비켜!"

다수의 강호인이 복면을 하고 손에 검을 든 채 몰려왔다. 아마도 자신들의 본모습을 감추고 원하는 바를 얻고자 하는 것 같았다. 하지만 그들은 목적한 바를 이루지 못했다.

청의인들.

천풍수라 불리는 청성의 고수들. 그들은 비정상적으로 강했다.

청성의 적하삼십육검이 연거푸 사방으로 뻗어 나갔다. 맹렬한 파공음들이 울리고 붉은빛이 번뜩였다.

"크아악!"

"우악!"

복면인들은 힘없이 픽픽 쓰러졌다.

아예 상대 자체가 되지 않았다.

천풍수들은 청성의 송서초상비(松鼠草上飛)를 펼쳐 반경 오 장의 공간을 종횡무진으로 누볐다. 이쪽인가 싶으면 어느새 저쪽에 가 있었다.

그들은 파죽지세로 수십여 명에 달하는 복면인들을 참살했다.

붉은 피가 쉼없이 뿌려졌다.

임유성과 양우진, 그리고 방일수와 보미랑은 당군선을 등지고 섰다.

그들은 천풍수들이 복면인들을 상대하는 것을 지켜보았다.

"대단하네요. 경공 하나는 일절이라 할 수 있겠는데요?"

"송서초상비라고 하는 거다. 소나무를 내달리는 쥐와 같이 날렵하게 풀잎을 스친다는 경공이지."

양우진은 천풍수들의 움직임을 쫓으며 임유성에게 말했다.

"후후, 그래도 형님에겐 안 될 것 같은데요."

"그럼 당연히 안 되……."

양우진은 입을 다물었다. 째려보는 시선이 있었다.

약 두어 장의 거리를 두고 서 있는 중년의 도사, 홍하 도장.

그는 전옥인과 함께 나란히 서 있었다. 보이는 눈치가 임유성과 양우진의 대화를 다 들은 듯하다.

양우진은 고개를 옆으로 돌리며 딴청을 피웠다.

임유성은 넌지시 홍하 도장을 쳐다보았다.

홍하 도장은 마뜩찮은 표정을 지었다.

"쩝, 뿔난 것 같은데요?"

양우진은 임유성이 홍하 도장을 바라보자 급히 말했다.

"마, 고개 돌려. 괜히 눈 마주쳤다가 말썽이라도 나면 골아파져."

방일수는 주위를 두리번거리며 말했다.

"조장, 우리도 끼어들어야 하는 거 아닙니까?"

양우진은 고개를 돌려 방일수에게 툭, 말했다.

"뭐 하러? 천풍수들이 잘하고 있잖아."

"그래도 가만히 서서 멀뚱거리는 게 걸리는데요."

"아서, 마. 일없어. 괜히 끼어들었다가 눈먼 칼에 죽고 싶지 않음 잠자코 있어. 처음부터 천풍수들이 저놈들을 상대…… 우린 어디까지나 뒤에 있는 당가의 지낭분을 무림맹까지 잘 모시기만 하면 돼. 애초에 우린 저 싸움과 무관하다고. 알겠어?"

하지만 보미랑 역시 염려스러운 듯 말했다.

"조장, 지난 열흘 동안 매일 몇 차례씩 습격받았어요. 그때마다 청성의 천풍수들이 도맡아 싸웠고요. 눈치가 안 보여요?"

양우진은 보미랑을 쳐다보았다.

"괜한 소리들 하지 마. 우린 어디까지나 의뢰만 잘 수행하면 그뿐이야. 저치들이 싸우던 말든 우리완 아무 상관 없어. 안 그러냐, 유성아?"

양우진은 고개를 돌려 임유성에게 쳐다보았다.

임유성은 천풍수들이 복면인을 상대하는 것을 바라보고 있었다.

그는 양우진에게 고개도 돌리지 않고 대꾸했다.

"당연하지요. 우리가 왜 나섭니까? 의뢰에 그런 건 없었습니다."

양우진은 고개를 방일수와 보미랑에게 돌렸다. 그는 자랑스러워하는 듯한 말투로 말했다.

"들었지? 우린 어디까지나 의뢰를 수행하는 낭인일 뿐이야. 저쪽은 장보도를 노리며 달려드니까 장보도를 무림맹으로 옮기는 청성파 사람들이 맡아 처리하는 게 맞아. 우린 장보도 따위와는 아무 상관 없어."

방일수와 보미랑은 별수 없다는 표정을 지으며 천풍수와 홍하 도장, 그리고 전옥인을 바라보았다.

짧은 거리였고, 일신의 무위가 고강하기에 낭인들의 대화가 죄다 귀에 들렸다. 자신들이 왜 끼어들지 않는지 일부러 들으라는 듯 말하는 것 같았다.

홍하 도장의 얼굴은 붉으락푸르락했다.

당가를 떠나온 지 열흘째, 호북성을 목표로 동진 중이었다. 어제 사천과 호북의 경계인 대죽현을 지났다. 지금 서 있는 대죽령만 넘으면 호북이다. 하지만 그동안 사천무림의 얼치기들이 줄기차게 습격해 왔다.

"원시천존…… 우리가 움직이는 방향을 어찌 알고."

의아했다.

일행이 움직이는 방향은 자신이나 일행을 제외하면 아무도 모른다. 그런데 장보도를 노리는 습격이 계속해 이어졌다.

천존부에서 홍하 도장의 일행이 움직이는 방향을 모종의 경로를 통해 강호인들에게 은밀히 흘렸기 때문이다.

홍하 도장은 그것을 몰랐다.

"저 낭인들."

다만 못마땅했다.

홍하 도장은 낭인들을 흘겨보았다. 도통 마음에 들지 않는 작자들이다. 밉상도 저런 밉상이 없었다.

천풍수들이 복면인들을 맞아 싸우는 것을 팔짱을 끼고 구경만 했다. 단순히 구경만 하는 것이 아니다. 무공에 대해 뭘 안다고 제법 부지런히 입을 놀렸다.

그 모습이 여간 부아가 치미는 것이 아니었다.

"괘씸한!"

홍하 도장은 거친 목소리로 중얼거렸다.

전옥인은 곁눈질로 홍하 도장을 보았다. 그의 눈에 낭인들을 째려보는 홍하 도장의 얼굴이 보였다.

심사가 무척 뒤틀린 듯한 표정이었다.

전옥인은 그 모습에 흐릿한 미소를 지으며 차분한 목소리로 말했다.

"홍하 도장님."

홍하 도장은 전옥인에게 고개를 돌렸다. 그의 눈에는 상당한 호의가 깃들어 있었다.

"왜 그러시오, 전 공자."

전옥인은 눈짓으로 낭인들을 가리켰다.

"저기 저자들은 왜 가만히 서 있는 것입니까? 다른 분들은 장보도를 노린 도적과 맞서 싸우고 계신데."

영문을 모르겠다는 목소리였다.

전옥인은 은근히 청성파와 낭인들 사이에 불화의 불씨를 뿌렸다.

홍하 도장은 얼굴을 어그러뜨리며 인상을 썼다. 그는 언짢은 목소리로 말했다.

"원시천존. 본디 낭인들이란 약한 자에게 강하고 강자에게는 약한 자들이라오. 전 공자, 아무래도 저들 복면인들의 수가 많은 것에 겁을 집어먹은 듯하오."

홍하 도장은 임유성과 양우진, 그리고 방일수와 보미랑이 들으라고 일부러 언성을 높였다. 그의 의도대로 네 남녀는 그 말을 고스란히 다 들었다.

양우진은 이맛살을 찌푸렸다.

"청성의 장로라는 사람이 말하는 본새하고는……."

임유성은 넌지시 양우진에게 물었다.

"형님."

"왜에에."

양우진은 심기 불편함은 대꾸를 통해 나타냈다.

"저 도사, 마음에 안 드는데……."

양우진은 흠칫했다.

임유성의 말투가 사고를 불러올 것 같았다. 그는 급히 임유성에게 주의를 주었다.

"마, 내가 분명하게 말했지? 괜히 얽히지 말라고. 절대 저들을 건드리지 마. 그냥 없는 사람 취급해 버려. 불쾌하다고, 기분 나쁘다고 얽혔다가는 두고두고 피곤해져."

양우진은 목소리를 낮추며 나지막하게 말했다.

"짜식아, 똥이 무서워서 피하냐, 더러워서 피하지."

임유성은 아쉬운 표정을 지었다.

"한 번 붙어 봤으면 좋겠는데."

양우진은 움찔했다.

'이 자식이, 지금 힘을 쓰고 싶어서…….'

양우진은 알고 있었다.

화산 속가로서 무공을 배울 때 경험해 본 것이다. 일종의 심마라고 할 수 있다. 강한 자신감을 바탕으로 이는 욕구이자 호승심이다.

힘을 추구하는 자들이 자신의 힘에 자신감이 생기면 강자에게 자신의 무력이 통하는지 시험해 보고 싶어 한다.

좋게 말하면 자신의 한계를 알고 싶어 하는 것이고, 나쁘게 말하면 힘에 도취되는 것이다.

양우진은 재빨리 임유성에게 주의를 주었다.

"아서라. 받아 줄 이가 있고 받아 주지 않는 이가 있다. 청성파의 이들은 후자다. 네가 지금 천풍수들이 복면인들과 싸우는 모습을 보고 몸이 근질근질한 모양인데, 절대 안 돼! 누누이 말하는데, 청성파는 손끝 하나 대지 마라. 내 말 명심해."

그는 임유성을 위협하듯 두 눈을 부라렸다.

"형님, 어째 말씀이 청성파를 무서워하는 것 같습니다?"

"이 개놈의 자식아! 청성파가 무서운 게 아니라 그 세력이 무서운 거다. 네가 홍하 도장을 패배시키면 당장 청성에서 복수를 하겠다고 더 강한 고수가 찾아올 게 빤해. 한 번 생각해 봐라. 명색이 장로인데 듣도 보도 못한, 이제 겨우 스물 초반으로 보이는 새파랗게 젊은 낭인에게 깨지면 청성파가 가만히 있을 것 같아?"

"흠."

임유성은 양우진의 말을 들으며 침음을 흘렸다.

양우진은 단단히 못을 박듯 힘주어 말했다.

"네가 그 고수를 이기면 그다음에는 더 강한 고수가 오고, 그 고수마저 네가 패배시키면 온 청성파 고수들이 널 죽이기 위해 혈안이 되어 몰려온다. 그리고 청성파가 널 강호공적으로 몰아붙이면 그 누구도 네 항변을 들으려고 하지 않아. 청성은 구대문파 중 하나다. 알겠어? 너 같은 놈 하나 강호공적으로 만드는 건 어린아이 손목 비트는 것보다 더 쉬워. 이건 내가 화산파 제자라서 하는 말이 아니다. 여태까지 내가 말한 경우가 꽤 있었어. 그러니 언행에 각별히 유의해."

임유성은 흠칫했다.

일순간 드러난 양우진의 기세가 흉험하기 짝이 없었다. 덕분에 임유성은 긴가민가하는 표정을 지었다.

당군선은 임유성과 양우진의 대화를 다 들었다. 그녀는 양우진을 의아한 눈으로 바라보았다.

'화산파 제자라고?'

당군선은 자신을 호위하는 낭인들과 홍하 도장이 이끄는 청성파 사람들 사이가 틀어지는 것을 원하지 않았다.

그녀는 천천히 입을 열었다.

"그 사람 말이 맞아요."

임유성과 양우진은 움찔하더니 고개를 뒤로 돌렸다.

당군선은 임유성에게 작은 목소리로 말했다.

"청성파와 충돌을 빚어 봤자 당하는 것은 당신들 낭인이에요. 우리 당가와 낭인시장의 우의를 생각해서 하는…… 될 수 있으면 청성과 얽히지 않는 것이 좋아요."

양우진은 민망한 듯 헛기침을 하며 임유성을 흘겨보았다.

"허, 험. 들었지?"

임유성은 입맛을 다시며 떨떠름한 표정을 지었다.

"쩝."

방일수와 보미랑은 임유성을 흘깃거리며 피식 실소했다.

강자임은 분명하나, 강호 경험이 별로 없다는 게 드러났다.

그와 달리 두 남녀는 양우진과 함께 강호를 꽤 돌아다녔다.

한편, 천풍수들은 수십여 명에 달하는 복면인을 거의 다 도륙했다.

복면인들이 내지르는 비명이 줄어들며 잦아들었다.

"으아아악!"

천풍수들은 각자의 검으로 얼마 남지 않은 복면인들을 베어 넘겼다.

쉬이잇.

바람을 가르는 검날에 복면인들은 짚단처럼 허무하게 쓰러져 갔다.

땅바닥에는 적잖은 수의 복면인들이 쓰러져 차디찬 시신이 되어 갔다.

일각쯤 지났을까.

이제 복면인은 두 명밖에 남지 않았다. 그들은 슬금슬금 뒷걸음치며 천풍수들과 거리를 두려 했다.

십여 명의 천풍수는 두 복면인을 에워싸고 서서히 조였다. 그들은 여유가 물씬 풍기는 걸음을 천천히 내디뎠다.

두 복면인은 겁에 질려 외쳤다.

"다, 다가오지 마라!"

"가까이 오지 마!"

그들 딴에는 위협을 한다고 했지만, 천풍수들은 코웃음을 쳤다. 한결같이 가소롭다는 표정을 지었다.

"지금 상황이 어떻게 돌아가고 있는지 모르느냐?"

"꼴에 그것도 위협이라고."

"당장 검을 버리고 그 자리에 두 무릎을 꿇어라. 그렇지 않으면 죽여 버릴 것이다."

천풍수들은 살기를 뿜으며 두 복면인을 윽박질렀다.

두 복면인은 계속 뒷걸음으로 물러나며 고개를 힐끔힐끔 뒤돌렸다.

언제든 도망치려는 모습이었다.

홍하 도장은 조소를 머금으며 일갈했다.

"뭣들 하느냐! 감히 겁없이 우리 청성을 향해 검을 들이댄 자들이다! 일벌백계로 다스려 우리 청성의 지엄함을 보여라!"

홍하 도장은 얼굴빛 하나 바꾸지 않고 두 복면인에게 죽음을 선고했다.

천풍수들은 일제히 대답했다.

"예, 사숙!"

두 복면인은 홍하 도장의 냉혹한 말에 죽음을 직감한 듯 돌아서 뛰었다.

"으아아악!"

"히익!"

두 복면인은 '걸음아, 날 살려라' 하며 사력을 다해 달음박질쳤다.

천풍수들은 경쾌한 움직임으로 송서초상비를 시전해 단숨에 두 복면인에게 다가갔다. 그러고는 검으로 그들의 등을 내리그렸다.

쉬— 쉬각.

두 복면인은 달음박질치던 자세 그대로 지면에 엎어졌다.

"크아악!"

절로 눈살이 찡그려졌다. 살고자 도망치는 자들은 구태여 쫓아갈 필요가 있을까 의문이 들었다. 그리고 명색이 명문정파라 불리는 청성파의 도사로서 인명을 너무 경시하는 것 같아 못마땅했다.

임유성은 눈에 보이는 광경에 옅은 인상을 썼다. 마음에 안 든다.

'강하다. 그리고 잔인하고. 한 번쯤은 싸워 보고 싶은데……. 으음.'

강한 승부욕이 일었다.

임유성은 자신도 모르는 사이 서서히 심마에 빠져들었다.

홍하 도장은 전옥인을 보며 대소했다.

"하하하! 전 공자. 어떻소? 우리 청성의 천풍수들이 말이오."

전옥인은 감탄한 듯 말했다.

"대단합니다. 가히 일당백이란 말이 무색합니다."

"껄껄껄, 당연하오. 우리 청성을 대표하는 고수들이니 말이오. 그러니 안심하시구려. 그대를 노리고 달려드는 놈들은 우리 청성의 천풍수들이 죄다 도륙을 낼 것인즉."

"네, 안심이 됩니다. 마음 든든합니다. 역시 청성파는 다릅니다."

"이를 말이오. 하하하하!"

홍하 도장은 기분이 좋았다.

그가 맡은 일은 전옥인을 무사히 무림맹으로 데려가는 것이다. 하여 넌지시 전옥인에게 청성의 위세를 보여 주어 그를 안심시켰다.

당군선은 미간을 찌푸렸다.

여인이라 그런지, 천풍수들이 두 복면인을 죽이는 것이 눈에 거슬렸다.

'청성이 과거에 비해 독랄해졌어. 본래 사천 지방에서 제일가는 도풍의 도문이었는데.'

안타까웠다.

하나 당군선은 몰랐다.

그녀의 가문 사천당가가 청성을 그리 만들었음을. 당가에 밀린 청성이 할 수 있는 것이라고는 이를 악물며 무공을 익히는 것밖에 없었다.

양우진은 영 개운치 않았다. 그가 아는 천풍수가 아니었기 때문이다.

그는 나지막하게 중얼거렸다.

"제기랄, 매화검수와 비견된다는 청성의 천풍수가 저리 인정머리없이 검을 쓰다니."

방일수는 눈매를 가볍게 떨었다.

도망치는 두 복면인을 쫓아가 등을 그어 버리는 천풍수의 손속은 모질기 그지없었다. 성격이 거칠고 사나운 낭인의 살수를 보는 느낌이었다.

방일수는 부지불식간에 긴장감을 느끼며 마른침을 삼켰다.

꿀꺽.

보미랑은 방일수의 기색에 싱긋 웃었다. 그녀는 천풍수들의 모진 손속에도 불구하고 침착했다.

보미랑은 방일수에게 다가가 손을 들어 등을 세게 쳤다.

파아앙!

방일수는 화들짝 놀라며 한 걸음을 내디뎠다.

"헉!"

보미랑의 손은 여인답지 않게 매웠다.

방일수는 아픔에 얼굴을 찡그리며 고개를 돌려 보미랑을 보았다.

"무슨 짓입니까? 아프잖습니까, 누님."

"긴장이 좀 풀려?"

"네?"

"긴장하지 말라고. 저들과 우리는 아무 상관도 없어. 그러니 괜히 긴장할 필요 없어."

"누가 긴장했다고 그러십니까?"

방일수는 허세를 부렸다.

보미랑은 미소 지었다.

"내 눈에 다 보여. 쫄아 가지고서는."

"쫄긴 누가 쫄았다고 그래요."

방일수는 고개를 옆으로 돌렸다. 말과 달리 그는 창백한 기색을 띠었다.

보미랑은 웃으며 돌아섰다.

"아니면 말고."

방일수는 얼굴을 찡그렸다.

"젠장, 무슨 여자가……."

방일수는 툴툴대며 시선을 돌려 천풍수들을 바라보았다. 그의 눈에 의기양양한 모습으로 돌아서서 걸어오는 천풍수들이 보였다.

세상에는 수많은 종류의 인간이 있다. 개중에는 일반 사람들의 범주를 벗어난 기행을 일삼는 이들도 있다.

사람들은 그런 자들을 기괴하다고 말한다. 심하다 싶으면 괴인(怪人)이라 말하기를 주저하지 않는다.

금방이라도 쓰러질 것 같은 거적으로 만든 움막에 한 여인이 서 있었다.

여인은 갓 방년에 접어든 듯 보였다. 그런데 이상하게도 다 떨어지고 찢어진 걸레짝 같은 옷을 입고 있었다.

그녀는 움막 정중앙에 놓인 솥 앞에 서서 입맛을 다셨다.

"쩝."

여인은 왼손을 들어 솥뚜껑을 쥐고, 오른손을 뻗어 솥에서 뜨거운 김이 모락모락 나는 길쭉한 한 고깃덩어리를 집어 들었다.

고깃덩어리는 꽤나 긴 뼈다귀였는데, 두툼한 고깃살이 잔뜩 붙어 보기에도 먹음직스러웠다.

솥에는 개의 머리로 보이는 뼈다귀 외에 다수의 고깃덩이가 담겨 있었다.

개를 잡은 듯 보였다.

이해할 수 없는 괴이한 광경.

머리를 곱게 빗어 궁장으로 들어 올린 아리따운 방년의 여인이 어이없게도 바닥에 앉아 개고기를 열심히 뜯기 시작했다.

으적으적.

여인은 무심코 중얼거렸다.

"으음, 백구라 그런지 맛이 좀 없네. 내 입맛에는 황구가 딱인데."

여인은 고깃덩어리를 미련없이 솥을 향해 던졌다.

휙, 풍덩.

고깃덩어리는 작은 곡선의 궤적을 그리며 정확하게 솥에 떨어졌다.

여인은 두 손을 들어 옷에 문질렀다.

스슥.

그녀는 배를 탁탁 두드리며 트림했다.

"꺼어어어."

배가 부른 모습이었다.

그때, 입구의 거적이 들리며 중년의 거지가 들어왔다. 그는 여인의 모습에 혀를 찼다.

"쯧쯧, 참 잘한다. 명색이 강호삼선자의 일인인데, 뭇 강호 청년 고수들의 마음을 설레게 한다는 날수선자(辣手仙子) 몽여빙이 개고기를 뜯어먹고 마구 트림을 하는 꼴이라니."

몽여빙은 피식 실소하며 중년 거지 무쌍개를 쳐다보았다.

"뭐 어때서 그래요. 개방 제자들이 제일 즐겨 먹는 게 개고기잖아요."

"얼씨구? 뻔뻔하기도 하시지. 그 미모에 개고기가 가당키나 해."

"치, 이게 다 개방 정의파 제자인 죄라고요. 어려서 개고기 맛에 길들여져 음식들 중에서 개고기가 제일 맛있는 걸 어떻게 해요."

무쌍개는 몽여빙의 맞은편에 앉았다.

"어련하시려고요, 날수선자 몽여빙 소저. 그 입에 침도 안 바르고 하시는 말씀은 다른 사람은 몰라도 나 무쌍개(無雙丐)에게는 안 통합니다."

날수선자 몽여빙은 샐쭉거리며 물었다.

"피. 한데 뭔 일이에요, 사형이 날 다 찾아오고."

무쌍개는 얼굴을 침중하게 굳혔다.

"방금 전에 영곡산에서 연락이 왔다."

"네? 무림맹에서요."

"그래."

몽여빙은 고개를 갸웃거렸다.

호북성과 안휘성의 경계에 있는 영곡산에 자리한 무림맹에는 칠결 장로 비풍로개(飛風露丐)가 개방을 대표해 가 있었다.

무쌍개의 말은 비풍로개가 소식을 보내왔다는 말이다.

"무슨 소식이에요?"

"그게 말이다……."

무쌍개는 머뭇거렸다.

몽여빙은 눈살을 살며시 찌푸렸다. 보아하니 말을 꺼내기가 어려운 눈치였다.

"사형, 저는 정의파고 사형은 오의파지만…… 알죠? 우리 두 사람이 향후 개방을 이끌어 나가야 한다는걸요."

"끄응, 알았다. 정의파와 말썽을 빚기 전에 말해 주마. 문상이 형법전에 갇혔다."

"네에에?"

몽여빙은 깜짝 놀랐다. 그녀는 황당하다는 표정을 지으며 우두커니 무쌍개를 쳐다보았다.

놀라 할 말을 잃은 모습이다.

무쌍개는 몽여빙에게 빠르게 설명했다.

"언 총관이 맹의 비고에 몰래……."

몽여빙은 무쌍개의 설명이 끝나자마자 입을 열었다.

"맙소사! 언 총관, 그 사람 미쳤대요? 맹의 비고에 숨어들었다고요? 자, 잠깐만요."

몽여빙은 오른손을 들어 무쌍개의 입을 막고는 고개를 살짝 숙였다.

뭔가 생각하는 모습이었다.

무쌍개는 의아한 눈으로 사매 몽여빙을 바라보았다.

잠시 후, 몽여빙은 고개를 들며 부지불식간에 외쳤다.

"경혼조!"

무쌍개는 순간 두 눈을 화등잔만 하게 부릅뜨며 단말마를 삼켰다.

"컥!"

그 모습이 뭔가 알고 있는 듯한 눈치였다.

몽여빙은 눈매를 반짝였다.

"전에 벽하 언니가 알아봐 달라고 부탁했어요. 그런데 전혀 알아낼 수가 없었죠. 누군가가 방해를 했기 때문에요."

몽여빙은 무쌍개를 노려보았다.

무쌍개는 황급히 고개를 옆으로 돌려 몽여빙의 시선을 피했다.

몽여빙은 화가 잔뜩 난 목소리로 말했다.

"이제 만족해요? 사형 때문에 벽하 언니가 맹의 형법전에 갇혔어요."

"어험, 그게 왜 나 때문이야?"

"헛기침하지 말아요. 그때 사형이 오의파에게 우리 정의파를 방해하라는 명만 내리지 않았더라도 벽하 언니가 그리 되지는 않았을 거예요."

"흐흠, 나와는 상관없는 일이다. 억지로 죄를 뒤집어씌우지 마라."

"이!"

몽여빙은 표독스러운 눈빛을 띠었다.

"지금이라도 안 늦었어요. 경혼조에 관해 사형이 알고 있는 것을 다 불어요."

"알긴 내가 뭘 안다고 그래? 경혼조는 삼십여 년 전에 있었던 맹의 비선 조직이야. 나는 그때 겨우 여남은 살밖에 안 됐어. 그런 내가 뭘 알아?"

"계속 이렇게 나올 거예요, 사형? 우리 개방이 모은 정보를 보관하는 개방대전의 출입을 봉쇄한 사람이 누구예요? 바로 사형이잖아요. 아무리 사형이 차기 방주가 될 후개라고는 하지만…… 도대체 개방대전에 가까이 다가가지도 못하게 하는 이유가 뭐예요?"

몽여빙은 사나운 기세를 흘렸다.

무쌍개는 고개를 옆으로 돌린 채 움막의 천장을 올려다보았다.

"사매, 오해하지 마. 우리 오의파도 사부님의 허락 없이는 개방대전에 접근 못해. 뭐, 개방대전을 담당하는 자들은 다르겠지만."

몽여빙은 버럭 고함쳤다.

"사—형, 그 작자들 죄다 오의파 제자들이잖아요! 진짜 눈감고 아용할 거예요? 제가 미쳐 돌아버리는 꼴을 보고 싶어요, 정말!"

무쌍개는 움찔하더니, 재빨리 뒤돌아 앉았다.

몽여빙은 벌떡 일어났다.

무쌍개는 슬그머니 뒤쪽에 서 있는 몽여빙을 힐끔 흘겨보았다.

"왜 일어서?"

"지금 당장 개방대전으로 가 봐야겠어요."

"뭐라고?"

무쌍개는 화들짝 놀라며 앉은 자리를 박차고 일어났다. 그는 입구를 향해 돌아서며 몽여빙을 가로막았다.

"안— 돼!"

몽여빙은 성난 눈초리로 무쌍개를 노려보았다.

"비켜요."

"사매야, 제발 진정하고 자리에 앉아라. 으응? 심호흡. 알지? 심호흡해라. 깊게, 깊이."

"진짜 안 비키죠? 저, 출수해요."

몽여빙은 어깨로 우장을 들어 올리며 운공했다. 단전에서 진기가 일어나 우장의 장심으로 모여들기 시작했다.

"야—!"

무쌍개는 기겁했다. 그는 두 손을 몽여빙을 향해 내밀었다.

"사매야, 제발 참아라. 으응? 내가 이렇게 사정한다, 이 잡것아."

"비켜요. 이참에 꼭 알아야겠어요. 경혼조가 도대체 뭐하던 조직이기에 벽하 언니가 그렇게 집착하는지, 언 총관이 왜 맹의 비고에 숨어들었는지, 비고에서 무엇을 빼돌렸기에 벽하 언니가 형법전에 갇혔는지 반드시 알아야겠어요."

"여빙아, 이러지 마라. 내가 부탁하마. 알겠지?"

무쌍개는 몽여빙을 달랬다.

"진짜 출수해요? 안 비키면 저, 출수한다고요. 거짓말 아니에요."

몽여빙의 우장에 서서히 옥룡장의 기운이 어렸다.

츠츠츳.

무쌍개는 기감에 느껴지는 진기의 흐름에 사색이 되었다.

"여빙아, 너 미쳤냐? 나야, 나라고. 사형."

"진짜 안 비키죠?"

"너, 진짜 이럴래?"

"네."

몽여빙의 서슬이 퍼랬다. 진짜 출수할 태세였다.

무쌍개는 심중 소스라쳤다.

"널 친동생처럼 아끼는 이 사형에게 진짜 출수할 건 아니지? 여빙아, 사랑하는 사매야."

"이익, 비키라고요. 이미 경고했어요!"

몽여빙은 슬쩍 공력을 줄이며 무쌍개를 향해 우장을 뻗었다.

후웅.

무쌍개는 아연실색했다.

그와 몽여빙 사이의 거리는 겨우 두세 걸음.

그대로 옥룡장에 맞았다가는 골병이 들 것이 확실했다.

"사—매!"

무쌍개는 고함쳤다.

일순, 옥룡장이 무쌍개의 상체를 때렸다.

쿠앙!

무쌍개는 나가떨어졌다.

"우아아악!"

입구를 향해 바닥을 굴렀다. 그러고는 곧 입구를 가린 거적을 스치며 밖으로 사라졌다.

몽여빙은 입술을 잘끈 깨물며 재빨리 걸음을 떼었다.

'알아야겠어. 벽하 언니의 일은 분명 경혼조와 관계가 있어. 친자매나 마찬가지인 우리 삼선자의 정리를 봐서라도 이대로는 가만히 못 있어.'

그녀는 두 눈에 힘을 주며 부릅떴다. 그 모습이 비장해 보였다.

무쌍개와 몽여빙이 움막에서 실랑이를 할 무렵.

움막 밖에서는 개방 정주 분타의 삼결 제자 호로개가 신입 백의개라 칭하는 일결 제자 세 명을 세워 두고 한창 입을 놀리고 있었다.

"모름지기 개방 제자는 황구를 구해……."

세 제자는 두 눈동자를 동그랗게 떴다.

호로개의 뒤쪽에 있는 여러 채의 움막 중 한 움막에서 누군가가 굴러왔다.

"이노무 새이들이, 감히 삼결 제자님이 말씀하시는 데 집중 안 하지?"

그 순간이었다. 누군가가 발목으로 다가와 그를 강하게 떠밀었다.

"어어?"

호로개는 중심을 잃고 넘어졌다.

우당탕탕!

호로개는 두 눈을 질끈 감았다.

'히익.'

얼굴을 향해 맨땅바닥이 벌떡 일어났다. 딱딱한 지면이 얼굴과 부딪치는 찰나, 걷잡을 수 없는 고통이 일어나 뇌리로 치달았다.

"아아아악!"

호로개는 몸을 뒤틀었다.

더럽게 아팠다.

"아이고, 나 죽네! 호로개 죽어!"

호로개는 좌우로 몸을 굴리며 조금이라도 고통을 덜고자 했다.

무쌍개는 일어나며 얼굴을 찡그렸다.

몽여빙이 공력을 줄여 그다지 타격은 없었다. 그저 떠밀린 것밖에 되지 않은 것이다.

　　무쌍개는 엄살을 피우는 것이 분명한 호로개를 향해 고함쳤다.

　　"시끄러워, 이 자식아! 입 안 다물어!"

　　"아이고, 아파라! 어느 놈이 감히 나 호로개님을……."

　　"이 자식이, 시끄럽다고 하는데도."

　　무쌍개는 무고한 호로개에게 화풀이를 하듯 손을 들었다. 그러고는 급히 일어나 무엄한 만행(?)을 자행한 자를 응징하려는 호로개의 뒷덜미를 가볍게 내려쳤다.

　　퍽!

　　풀썩.

　　호로개는 땅바닥에 개구리처럼 엎어졌다.

　　무쌍개는 움막을 힐끗 쳐다보며 의미심장한 눈빛을 띠었다.

　　몽여빙이 너무 깊숙이 들어오려고 했다.

　　아차 하는 찰나, 돌이킬 수 없는 사태가 벌어지리라.

〈『낭도』제4권에서 계속〉

1판 1쇄 찍음 2012년 3월 14일
1판 1쇄 펴냄 2012년 3월 16일

지은이 | 서 해
펴낸이 | 정 필
펴낸곳 | 도서출판 **뿔미디어**

편집장 | 이재권
기획 · 편집 | 문정흠
편집디자인 | 이진선
관리, 영업 | 김기환, 임순옥

출판등록 | 2002년 9월 11일 (제1081-1-132호)
주소 | 부천시 원미구 상3동 533-3 아트프라자 503호 (우)420-861
전화 | 032)651-6513 / 팩스 032)651-6094
E-mail | BBULMEDIA@paran.com
홈페이지 | www.bbulmedia.com

값 8,000원

ISBN 978-89-6639-598-9 04810
ISBN 978-89-6639-553-8 04810 (세트)